毎日新聞出版

時代へ、世界へ、理想へ

同時代クロニクル2019→2020

髙村薫

はじめに

日々仕事をし、ご飯を食べ、夜は眠る。その繰り返しで過ぎてゆく市井の人生でも、折々の生活の実感や家族の状況、あるいは良かったり悪かったりする景気の浮き沈みやときどきの財布の事情、そしてそれらが編み出す漠とした社会の空気まで、時代はかたときも立ち止まっていることがないという感覚がある。またさらに、長く生きてきた者では、それが一本の流れになって立ちあがってくるようにも感じられる。

現にあらためて振り返れば、戦後の経済成長に沸いた賑々しい喧噪からバブル期の金ぴかの陽気さへ、さらには成長の終わりを迎えた90年代以降の停滞と下り坂のうら寂しい焦燥感まで、時代の変化は残酷なほどくっきりとしている。そこにあるのは、長く生きてきた者がその記憶のなかにもつ、身体性としての歴史の感覚である。

　同時代に起きていることを果敢に掘りだし、調査を尽くして隠されていた事実を世に知らしめるのはジャーナリズムの仕事である。また、多くの資料や記録をもとに、ことここに至った諸状況を分析し、そこから法則や原理を見出してゆくのは研究者の仕事である。ひるがえって、特段の専門知識をもたない一物書きは、この身体を物差しにして時代を眺め、市井の言葉で自身の身辺と社会のあれこれを捉えるのみではある。それでも、半世紀以上もの年月にわたって、この眼と耳と身体に直に溜め込まれた無数の出来事と、その直接体験がつくりだす思考は、ごく自然に現代史への眼差しになり、自分は見ることのない未来への純朴な思いにもなる。

　もっとも、それが何かの役に立つということはないし、社会生活での判断や選択を有利にするというわけでもない。強いて言えば、私は市井において、より良く生きたいと思っているだけである。そのために日々仕事や生活に精を出し、家族や友人たちとお喋りをし、笑ったり怒ったりして暮らしながら、一生活者としてものを考える。たまたま物書きを生業にしているため、折々に考えたことを世間に発表したりもするが、私はそれ以上の何者でもない。そしてそれでも、私には一日本人として大真面目に同時代を生きているという自負がある。そういえば、令和のこの国で影をひそめてしまったものの一つは、より良く生きるという、人として当たり前の志ではないだろうか。

2020年3月2日　高村 薫

時代へ、世界へ、理想へ

同時代クロニクル2019↓2020

目次

II

III

IV

装画　柳　智之
ブックデザイン　鈴木成一デザイン室
写真　毎日新聞社

時代へ、
世界へ、
理想へ

同時代クロニクル2019→2020

I

政治の嘘、見逃すまい 沖縄と首相

平成最後の年の瀬、沖縄県名護市の辺野古沖に建設される在日米軍施設の埋め立て工事は、ついに土砂の投入が始まった。ひとたび土砂が入った海は、もう元に戻せない。そう、辺野古の基地建設はこれで既成事実になったということである。だからだろう、その翌日、安倍首相はプライベートで趣味のゴルフを楽しむ余裕を見せた。

埋め立て工事現場で喉をからして抗議の声を上げる住民たちと、嬉々《きき》としてクラブを振る首相と――。基地反対の声が必ずしも地元名護市の多数派ではないとしても、このなんとも言えない政治の不実と、地域社会の分断の光景に、沖縄に特段の縁はない一物書きが悄然《しょうぜん》となる。ゴルフを楽しむ首相の笑顔に、息をするのもいやな、胸がふさがれるような感じを覚える。いまという時代のありように全身が嫌悪を訴える、この抜き差しならない空気はいったい何なのか、同時代を生きる日本人として、一つでも二つでも言葉を探さずにはいられない。

私たちは今日も忙しくスマホを覗《のぞ》き、ひっきりなしに新しい情報に接して生きている。その一方、日々ネット配信される大量のニュースに眼《め》を留めはしても、読むのは見出しだけであったり、まとめ記事であったりで、新聞の社説や月刊誌などを開く時間も機会もない。そして翌日には、また新たなニュースに押しやられて忘れてしまう。

先の戦争はすでに遠くなり、長い平和と繁栄の末に迎えた21世紀の日本は、私たち生活者がそうして日々多くのニュースを心ならずも看過し、記憶の層の下に埋もれるままにしてきた上に立っている。

しかも、私たちが等閑《なおざり》にした諸問題のなかには、過ぎ去るどころか深く根を張って、国の基盤を侵食し続けているものがいくつもある。たとえば、モリ・カケ問題での首相による権力の私物化や財務省の公文書改ざんは、まさに議会制民主主義の完全否定であるし、防衛省の日報隠蔽《いんぺい》は文民統制の死である。

またあるいは、いまだに汚染水が止まらず、汚染土などの最終処分方法も決まらず、溶け落ちた核燃料の回収方法に至っては白紙という福島第1原発も然《しか》り。その事故処理費用を約22兆円とした政府の試算は、公の場で国民に向かってでたらめな数字を並べることが常態化している国の姿を如実に物語っている。

2018年成立した働き方改革関連法で、裁量労働制拡大の根拠として厚生労働省が国会に提示したいい加減なデータも然り。またさらに、改正入管難民法は、審議に必要なデータの提出そのものがない白紙委任の採決だったし、17年の組織犯罪処罰法の改正では、法案の趣旨を理解していない大臣が平然と答弁に立った。こんな国に、私たちは暮らしている。

さまざまな出来事が報じられては忘れられ、また報じられる。そのつど気になりながら、また忘れる。それが繰り返されるうちに、始まりは何だったのか、折々に何をどうすべきだったのか、もはや誰も解きほぐせない混沌《こんとん》になっている。そう、沖縄である。

終戦からこのかた、本土の人間には先の沖縄戦も、アメリカの占領下にあった沖縄も、ほぼ存在しなかった。本土復帰後も、米軍基地とそれに伴う騒音や治安などの諸問題は、南の島の眼のやり場に困るシミにすぎず、見なかったことにしてやり過ごしてきた。政治家から国民まで、日米安保下の思考停止に慣れ切った頭は、在日米軍専用施設の約7割が沖縄に集中している異様に思い至ることもない。この無関心への後ろめたさが、私の胸をふさいでいるものの一つである。

さらに、辺野古沖の埋め立て承認をめぐる国と地方自治体の対立の姿が、そこに加わる。1999年の地方自治法改正で、それまで地方自治体の首長や地方議会の権限が及ばなかった機関委任事務が廃止され、国と地方は対等になった。しかし沖縄を見れば、対等どころか、国は種々の法律や省令を総動員し、奇策を弄《ろう》して地方の民意を圧殺することに余念がない。

たとえば、埋め立ての承認権限をもつ知事が、前知事の埋め立て承認を取り消すと、国は違法確認訴訟制度をつかって県を訴える。そして、わざわざ高裁判事を入れ替えての裁判で、判事は「辺野古しか選択肢はない」と政治判断にまで踏み込み、県による承認取り消しを違法と言い渡す。

次いで、最高裁でも国が勝訴したため、県があらためて埋め立て承認を撤回すると、国は、今度は本来国の立場では利用できない行政不服審査制度をつかって身内の審査庁の大臣に審査をさせ、またしても承認撤回を取り消させる。

かくして、警備の機動隊員は抗議に集まった住民を「土人」と呼び、「沖縄の皆さんのこころに寄り添う」と言う首相は、新たな基地はいらないとする県民の声を「辺野古が唯一の解決策」として一蹴した末に、土砂投入が始まったその翌日に、さっさとゴルフに出かけるのだ。

「辺野古が唯一の解決策」というのは嘘である。もともと沖縄海兵隊のグアム移転と普天間基地返還、そして代替施設としての辺野古という一連の米軍再編の話だったものが、いつの間にか海兵隊員9000人の移転話は聞こえてこなくなり、辺野古の話だけが残っているのだが、そうなった理由を国は説明もしない。また、仮に沖縄海兵隊の戦略的重要性が増しているのであれば、軟弱地盤の埋め立てに十数年を要するかもしれない辺野古が唯一の解決策というのは、でたらめにもほどがあろう。
アジアでのこの国の立ち位置はどうあるべきか、どういう国でありたいか、私たち生活者の多くは語る言葉をもっていない。米軍のインド太平洋戦略の是非を問う力もない。しかし一生活者であっても、政治の不実とでたらめを見逃さない意志さえ持てば、きっと次の言葉が見つかる。そう信じて、本誌の時評を書くことにしようと思う。

2019・1・13

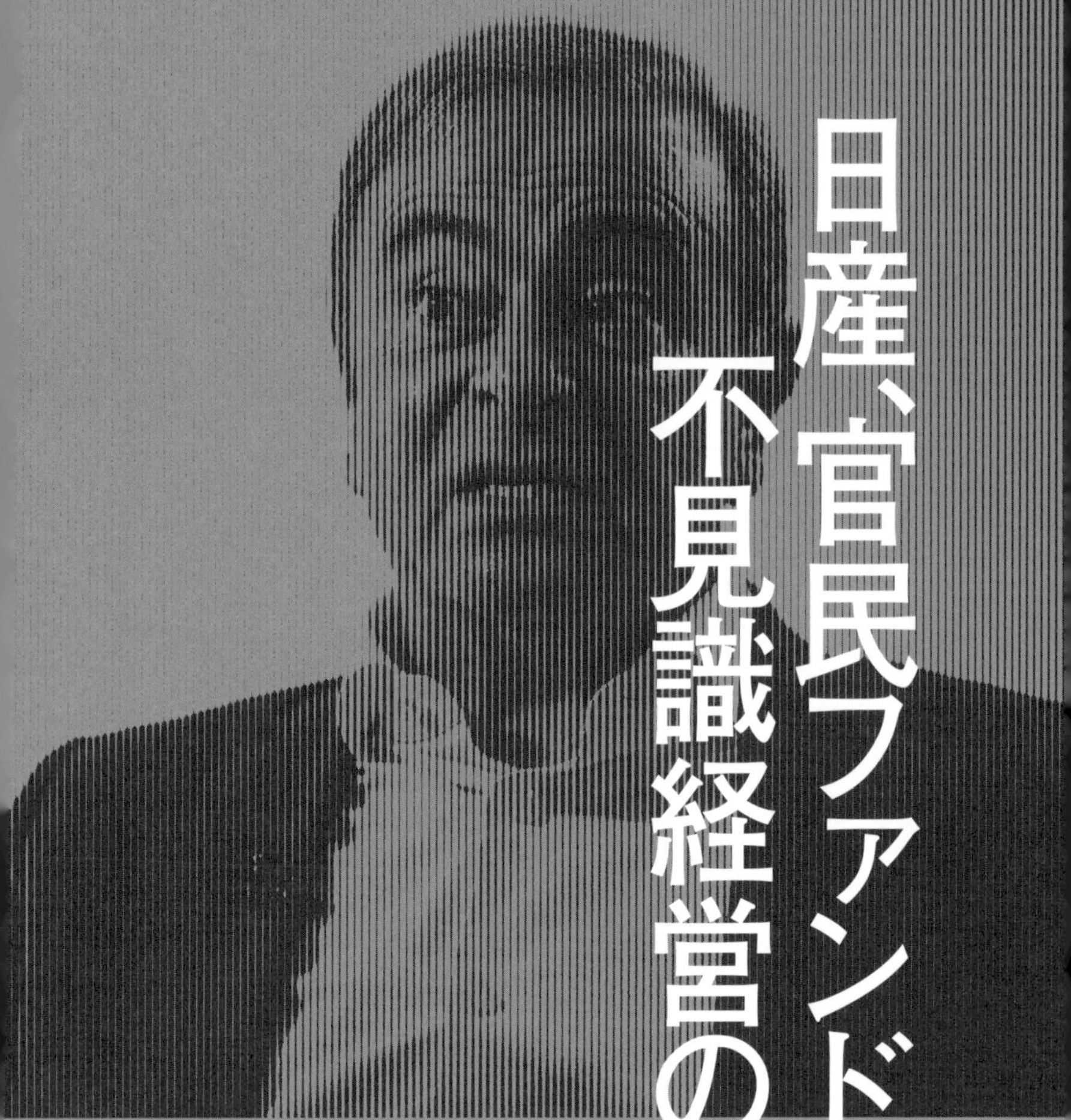

日産、官民ファンド……
不見識経営の代償

日産のカルロス・ゴーン前会長の逮捕で、私たちはいまどきの外国人取締役の高額報酬の実態を知ったが、同時にこの国の大企業経営の、驚くほど心もとない現状を見た気もしたことだった。

ゴーン氏が受け取っていた年数十億円という報酬について、その額が妥当なものか否かは、一義的には企業自身が判断することである。しかし、ルノーでも報酬額が高すぎるという声が毎年上がっていたことや、日産ではゴーン氏自身が受け取り額を少なく見せかける工作を側近に指示していたことを見ると、報酬額が高すぎるという認識は、ある程度、日仏の経営陣に共有されていたのだろう。

では、高すぎると認識されながら減額されなかったのはなぜか。仮に報酬額の決定権をもつゴーン氏自身が減額を拒否し、取締役会がそれを覆すだけの意志も力もなかったとすれば、市井の常識では双方に大きな違和感を覚える。

まず、ゴーン氏には企業経営者のモラルが決定的に欠けている。経営不振に陥っていた日産の業績を回復させたことと、経営再建と効率化のために二度にわたって計四万人のクビを切った事実は、相殺されてよいものではない。経営者として、自身が行った大規模な整理解雇の責任は深く胸に刻むべきものであり、当たり前のように巨額の成功報酬を要求するのは、14万人の従業員のトップに立つ人間のふるまいではない。

一方、自分たちに出来なかったリストラをゴーン氏にしてもらった恰好《かっこう》の取締役たちも、この19年というもの、増資を含めたルノーとの提携関係から役員報酬の額まで、ゴーン氏とルノーに唯々諾々と追従するだけであったのなら、これも企業と従業員に対する責任放棄のようなものだろう。

日産は、リーマン・ショックの影響で2009年と翌10年に大幅な赤字を計上し、10年は年間を通して無配に転落した。しかしその間、ゴーン氏は無配となった経営責任を取って自身の報酬の一部を返上するという当たり前のこともしていない。

またたとえば、ゴーン体制になって株の配当が年々大幅に引き上げられてきたのは、誰のためか。ルノーは日産救済のために、8000億円を投じて第三者割当増資や新株引受権付社債（ワラント債）を引き受けた。その結果、日産の発行済み株式42億株の43・4%を握ったルノーはいま、当初の一株7円から一株50円を超えるまでになった配当で、莫大《ばくだい》な利益を毎年手にしていることになる。

増配は株主には嬉《うれ》しいが、従業員が額に汗して稼いだ金が、年間1000億円近くも自動的にルノーに吸い上げられる一方で、現場では多くの非正規労働者が使い捨てにされる。こんな経営を、胸を張って経営と言えるのだろうか。

経営とは言い難いふるまいは、この国の官民ファンドでも多々見られてきたものである。先日、産業革新投資機構（ＪＩＣ）でも役員の高額報酬が表面化したが、民間が手を出さない案件に財政投融資などの公的資金と民間資金を入れ、化粧直しをした上で株を売却する彼らのビジネスがひとまず軌道に乗った例は、旧産業革新機構のルネサスエレクトロニクスぐらいしか思い浮かばない。

多くの場合、株式の再上場で一時的に利益をだしたあとは野となれ山となれで、赤字や失敗の責任を取る者もいない。そんな官民ファンド自体に大きな問題があるのは事実だが、そこに高い報酬を受け取って当然とばかりに名を連ねる民間の役員たちもまた、不見識の誹《そし》りは免れまい。

日産に限らず、この国の企業経営はいつの間にかモラルを捨て、随所で検査データの不正を許し、確たる戦略もない合従連衡にエネルギーを費やす一方で、果敢な挑戦も正当な利益の追求も怠っているように見える。そうして企業にとって何より大切な開発競争力を失ったいま、たとえば世界がしのぎを削る５Ｇ技術の最前線に、日本メーカーは姿もないのだ。

２０１９・１・20

翻弄される日本
希望はどこに

株価の大幅な下落で始まった新年の金融市場に、富裕層は背筋が凍ったことだろう。また、株など無縁の人びとも、不景気の予感だけではない漠とした不安に、ちょっと手をとめてニュースに見入ったのではないだろうか。

海の向こうには米中貿易摩擦だの、アップルの急激な業績悪化だの、イギリスのEU離脱だのがあり、国内には消費増税を控えた景気の不透明感がある。それらに市場が反応した結果の株安といった理屈はしかし、もはや私たちの不安に届かなくなっている。私たちの皮膚感覚が捉えているのは、これまでの景気循環や資本主義の道理では説明できない、もっと大きな地殻変動の兆しなのだ。

もちろん、足元の現実も十分に厳しい。良識をかなぐり捨てたアメリカの暴走で世界がこうむる不利益の数々や、民主主義の常識が通用しない中国に呑《の》み込まれた世界で起きるだろうさまざまな不条理。またあるいは、膨張し続けるGAFA《ガーファ》*に個人情報のすべてを握られ、操られる人類の未来など、個人の力ではどうにもならない大波の下で、私たちは為《な》すすべもなく翻弄《ほんろう》される運命にある。

その一方、国内に眼を転じれば働き方改革だの、一億総活躍社会だの、外国人労働者の国内市場参入だの、政府が場当たり的に繰り出す政策は、日本社会のあり方を根本から変えるどころか、どれもこれも旧来のシステムと企業を守るための窮余の策でしかない。

働き方改革を「働かせ方」改革だと看破した人がいる。まさに言い得て妙である。これが長時間労働の是正ではなく、人件費を抑制したい企業の都合に合わせた残業規制でしかないことは、長時間労働の温床となっている日本の労使慣行や、大企業に縛られる下請け企業の現状が放置されたままであることを見れば明らかだろう。

本来は、正規・非正規間の待遇格差をなくして労働市場の流動性をつくりだし、さらに労使間であらかじめ仕事内容について個々に取り決めるかたちにして初めて、働き方の適正な選択肢が生まれる。誰もが仕事先を自由に選び、企業は必要な人材を確保するための自己改革に尽力する。こうした労働環境の実現を棚上げしたままでは、どんな規制も実効性は乏しいし、この経済状況下では、正規も非正規もますます厳しい立場に追い込まれてゆくだけである。

この国の政治や経済界が見ようとしない現実はそれだけではない。世界を見渡せば、モノの生産と消費の中心はすでに先進国からアジアへと移って久しいが、状況はさらに先へ進んでいる。いまやビッグデータを取り込んだAIが人類の活動のほとんどすべてを呑み込み、人間が存在する意味自体が変わろうとしているのである。早ければあと10年ほどで人間の働き手が幾つもの場面で不要になり、多くの仕事が消滅し、貧富の格差がさらに拡大するという予測もあるいま、「月30時間」という残業時間の上限規制の数字にどれほどの意味があるだろうか。

悪者探しをしたいのではない。世界が後戻りできない地殻変動を起こしているいま、私は自分や家族のために何ができるかということを考えたいのだ。あなたは、生産性と称して少ない数の従業員を酷使するような旧態依然の企業に未来があると思うか。地域の未来をカジノにかけるような自治体に住みたいと思うか。子どもの教育費や住宅ローンがあるから現状に耐えるしかないというのは、ほんとうにそうだろうか――。

いま、既存の価値観を捨て、安定した職や富や地位を捨てて、生きる道を自分でつくりだす若者たちが現われている。有名無名の大谷翔平たちである。私には、彼らの真に自由な行動こそ、この国のあり方を変えてゆくという予感がある。私たち古い世代にもはや未来を構想する力がないのなら、せめて彼らの未知の船出を注視し、支援することである。少しでも彼らに倣《なら》って身軽になり、眼を遠くへやってみることである。

2019・1・27

*インターネット検索や通販、会員制交流サイト（SNS）をはじめ、サービスの基盤を提供するグーグル、アップル、フェイスブック、アマゾン――といった米国の巨大IT企業。市場の寡占や独占が進んでおり、強い立場を利用した不当な取引の強要や不透明な個人情報の利用が懸念されている。

こじれる日韓
和解の道を探る責務

新年早々、日韓関係は戦時中の強制労働に対する賠償問題に加えて、日本の自衛隊機に対する韓国海軍艦艇の火器管制レーダー照射問題がこじれにこじれている。一日本人としては、この間の韓国の一連のふるまいに不快感を覚えないわけではないが、ちょっと立ち止まって「待てよ」とも思う。

たとえば自衛隊機が韓国軍の艦艇からレーダー照射を受けたとされる事案は、本来は日韓の防衛担当者レベルで協議すべき問題だろう。二国間の協力関係を前提にするなら、現場で発生するトラブルはできる限り現場で実務的に処理し、政治問題化するのを避けるのが大原則だからである。

しかし今回は、事務レベルのやり取りを飛び越えて、官邸が早々に証拠映像の公開を指示したとされている。何のことはない、慎重の上にも慎重であるべき二国間の軍事上のトラブルで先にキレたのは日本の首相であり、その結果、ケンカを売られた恰好の韓国も引くに引けなくなって、この泥仕合になっているのである。

さらに言えば、今回の韓国軍のレーダー照射は、自衛隊を含む各国の軍隊の感覚では、実は日本政府が言うような間一髪の事態ではないのではないか。ミサイル発射寸前の危険行為と言うわりには、公開された自衛隊機内の会話はあまりに平静ではないか。ひょっとしたら私たち国民は、こうして国家に扇動されてゆくのかもしれない。ふと、そんなことも思う。

残念ながら日本政府は、戦後賠償問題においても、正確な物言いをしていない。昨年10月に韓国の大法院（最高裁）が元徴用工の訴えを認めて新日鉄住金に賠償を命じて以降、日本は首相も外務大臣も、1965年の日韓請求権協定により戦後賠償問題は両国間で最終的に解決済み、と声高に繰り返している。あたかも韓国の司法が国際法を無視していると言わんばかりだが、一方的な暴言は日本のほうではないだろうか。

1991年の外務省の国会答弁で、当該の協定については、国が国民の請求権について外国と交渉する権利（外交保護権）を相互に放棄したものであって、個人の請求権の消滅は意味しないとされた。これが日本政府の公式見解であり、2007年には最高裁も同様の解釈を示している。

そして2000年以降、強制連行された元中国人労働者たちが起こした裁判では、中国が日本に対する戦後賠償の請求権を放棄した日中共同声明に基づき、原告の訴えは棄却されたが、その一方で、個人の請求権は消滅していないという原則の下、被害者救済のために鹿島建設や西松建設と原告らの間で和解が進められた。

当時新聞が伝えた和解の内容をうっすら記憶している日本人として、今回の徴用工判決について日本側が鬼の首を取ったように国際法違反だの、断固たる措置だのと口を揃《そろ》えていることに大きな違和感を覚える所以《ゆえん》である。

韓国の司法は、そもそも慰安婦や徴用工のような反人道的不法行為は日韓請求権協定の埒外《らちがい》という立場であり、それに従って新日鉄に対する個人の訴えを認めたに過ぎない。一方の日本は法理上、個人の請求権について裁判沙汰にする権能を認めていないが、請求権自体は韓国と同様に有るとしているのだ。そうだとすれば、日韓には被害者救済のために歩み寄る余地があるはずである。

日本政府は韓国政府とともに和解を後押しすべき立場にあり、韓国の司法判断を非難するのはお門違いもはなはだしい。戦前の植民地支配を振り返れば、日本は人権が重視されるいまの時代にふさわしい和解の道を探る責務も負っている。かつて鹿島建設や西松建設にできたことが、新日鉄にできないわけもあるまい。

日本の政治家が戦後賠償問題は解決済みと豪語するのは、日本に対する韓国国民の根深い「恨」の火に油を注ぐ浅慮だが、それ以上に、人間として恥ずかしいと私のささやかな良心が言っている。

2019・2・3

災害時代の到来
「現実」無視の施策

神戸の1月は、今年も阪神淡路大震災の死者を悼む祈りに包まれた。震災の規模は東日本大震災よりはるかに小さかったが、一瞬にして大都市が崩れ落ち、6400人超が圧《お》し潰され、火に焼かれた記憶はいまなお圧倒的に生々しい。

同じ阪神間でも、被害が限定的だった大阪は記憶の風化が進んでいたが、昨年6月に発生した大阪北部地震は住民の意識を十分すぎるほどリセットさせた。加えて、関西国際空港を水没させた昨夏の台風21号の、風速58・1メートルの恐怖は死と隣り合わせの強烈な身体体験となったし、さらには、近ごろ巷《ちまた》で急に言及されることが多くなった南海トラフ地震への、言葉にならない不安もある。

いま阪神間に漂っているこの空気を要約すれば「何をしていても、不安がふと頭をよぎる」となろうか。不安の源は、人間の力では抗《あらが》えない異常気象と、明日起きてもおかしくないとされる巨大地震だけではない。いま、この災害多発社会で見えてきているのは、端的に「再建したくてもできない」事態の出現である。

昨夏西日本で死者行方不明者232人を出した7月豪雨の被災地も、全・半壊した1万7000棟以上の家屋の復旧は、その多くが工事業者や資材の不足で見通しが立っていない。大阪でも人手不足と自治体の予算不足で、多くの家が未《いま》だに昨夏の台風で飛んだ瓦の修理ができず、公園の倒木もあちこちで放置されている。これこそ阪神淡路大震災のときにはなかった2019年の日本の現実である。

目下の建設業界の人手不足や資材価格の高騰は、おもに東京オリンピックの建設需要から来ているが、巨大な自然災害が短期間に重なれば、この先も容易に同様の事態は起こりうる。そうなれば被災地の復興は進まず、地元を出てゆく被災者や事業所が続出して、復興はさらに遠のくだろう。そしてそこへ、さらに次の災害が襲いかかる。修復したばかりのインフラや再建したばかりの住宅が、また破壊される。そんな時代を、私たちは迎えているのである。

個人の自宅など、二度も三度も再建できるものではない。被災者支援も、大規模な災害が続けば自治体の予算はなくなる。国庫にしても、ただでさえ予算の4割を赤字国債で賄っているいま、どれほどの余力があることか。

折しも昨年6月に土木学会が発表した推計では、南海トラフ地震が発生した場合、被害回復にかかる20年間の経済損失は最大で約1400兆円、日本は世界の最貧国に転落するとされた。いまのところあくまで推計にすぎないが、その予測の先には、もはや港湾や道路や鉄道などのインフラを再建できず、経済活動も戻らず、少子高齢化の果てに静かに衰退に向かう国家の未来が垣間見えている。

しかし、だからこそ私はあるべき未来を考えもする。想像を絶する厳しさが、日本社会を前進させると信じてもいる。持ち家政策から賃貸への大転換、維持すべき交通インフラの整理縮小、都市機能の分散、再生エネルギーの拡充、共助の仕組みの構築など、生き延びるために官民をあげて踏み出すべき課題は山ほどある。いま、この国にとってこれ以上に重要な課題はないはずだ。

大阪では、誰が見たのか分からない万博とＩＲの夢が語られている。夢の舞台は、昨夏の高潮で空港やコンテナ基地が水没し、来る南海トラフ地震では数メートルの津波が予想される湾岸の埋め立て地である。カジノの是非以前に、私には観光客が津波に呑まれる地獄絵図しか思い浮かばない。

この国を動かす人びとは、いまなお地球温暖化と異常気象の脅威に背を向けて石炭火力発電所の輸出を画策し、世界の潮流に逆行する原発の海外輸出が全滅すると、それならば国内の原発をどんどん動かせと言いだす。こうして誰でも分かる事実を黙殺して進む国の施策の多くが、社会の前進を強く阻害しているのも、２０１９年のもう一つの日本の現実である。

２０１９・２・10

統計軽視と依存
データにどう向き合うか

若者たちが人生をかけて挑んでいる受験シーズンの真っただ中、彼らの将来の夢の一つでもあるこの国の中央省庁は、ずさんな基幹統計の実態が次々に明るみに出て、恥さらしなことこの上ない。あまりの醜態に、国民はもちろん、与野党の政治家もさすがに怒り心頭に発し、メディアは連日悪者探しに余念がないが、ほんとうはたんに省庁の不正を追及して済ませられる話でもないように思う。

問題となっている不適切なデータ処理や統計法違反には、もちろん初めに手を染めた犯人がいる。しかしながら、不正が多くの省庁で恒常的に行われていた事実を見れば、個々に何かの目的があったというより、現場で日々発生している統計職員とその監督責任者の、怠慢の連鎖の結果がこれだということだろう。ここに、この問題のほんとうの深刻さがある。

全数調査と定められているところで抽出調査を行えば法令違反だが、抽出調査自体はごく一般的な統計手法にすぎない。従って人手不足などで全数調査が難しい場合、本来は必要な手続きを踏んで抽出調査に切り替えればよいだけの話である。ところが、今回の不正発覚の発端となった厚生労働省の毎月勤労統計では、その変更の手続きを怠っただけでなく、得られたデータに抽出率の逆数をかける初歩的な補正もしていなかった。まさに二重の怠慢である。

これが意味しているのは、役人たちがそもそも統計資料の意味をまったく理解していないということだろう。また、資料に基づいて算定される種々の給付金の先にある国民の暮らしを、まるで考えていないということでもあろう。しかし統計に対する彼らの不見識は、私たち国民も同様ではないか。

厚労省は昨年、裁量労働制で働く人の労働時間の調査でもムチャクチャなデータを平然と国会に提出したが、それでも国会は働き方改革関連法案の審議を止めることはなかった。ここから分かるのは、役人たちのずさんさは要はデータの数値に対するこの国の政治家たちの一般的な認識の陰画であり、それを許してきた日本社会の陰画でもあるということだろう。

実際、この国では国も民間もたびたび検査データの改ざんを行ってきたし、経済指標や種々の統計の数値を、ときどきに都合のよいように読み替えることも日常茶飯事である。言い換えれば、政治家も経営者も、統計や検査のデータを政策や経営に活《い》かしていないということであり、根拠のない思いつきや勘で、漫然と物事が進められているということである。

そう考えれば、赤字国債をここまで積み上げた政治の不作為や、プライマリー・バランスの黒字化の先送りに次ぐ先送り、101兆円という来年度予算案の嘘のような数字などもみな腑《ふ》に落ちる。政治家も企業も国民も、数値が告げている事実を見ていないか、無視して憚《はばか》らないということであり、ずさんな統計資料は日本社会のこうした心象の産物なのである。

一方、科学の進歩で人間活動や社会動向の多くが数値で定量化されるようになり、私たちは日々、血圧が130ミリHgを超えたら云々《うんぬん》とか、スマホの通信速度が5Mbpsとか、さまざまな数値に追われて暮らしている。数値へのこうした過度の依存は、実はその数値の意味を考えないことと紙一重であり、統計データを適切に運用できない現状と無縁ではない。

たとえば、原発の安全性は綿密なシミュレーションのデータに基づいて評価されているが、技術者の数値への依存が、不可知の自然の脅威への想像力を奪うことは、福島第1原発の事故が証明している。データの数値は、ある事柄を定量化すると同時に、定量化できない外側の存在を暗示している。それを射程に入れて俯瞰《ふかん》することを「判断」と言うのである。折しも各国でEBPM(証拠に基づいた政策立案)の導入が進むいま、私たちの社会は統計などのデータへの向き合い方から学び直す必要に迫られている。

2019・2・17

国が無差別に侵入
五輪テロ対策の異様

テレビの声が急に甲高くなったと思ったら、東京オリンピックの観戦チケットの詳細を伝えるニュースだった。17日間、全33競技、総数780万枚のチケットには多くの種類、価格帯、発売時期、入手方法があり、公式サイトでの購入にはID登録も必要らしい。人気種目の販売価格は10万円を超えるものもあるが、春以降、巷で繰り広げられるのだろうチケット争奪戦のお祭り騒ぎが、いまから眼に見えるようである。

この少し前、同じオリンピック関連のニュースで一件の総務省の発表をNHKがさらりと伝えた。それによれば、サイバーセキュリティー対策のために、全国に普及している約2億台のIoT機器に国が無作為に侵入し、パスワード設定などのセキュリティー対策の脆弱《ぜいじゃく》な機器を洗い出して、ユーザーに注意喚起する、というのである。いったい、これに耳を疑った私が時代遅れなのか、それとも政府が暴走しているのか。

今回、国が行うハッキングは、もちろん不正アクセス禁止法に触れる行為である。そのため、国は業務を請け負う国立研究開発法人情報通信研究機構（NICT）の同機構法をわざわざ改正し、5年間の時限措置にして、改正法は昨年11月に施行された。

正確に言うと、同機構が行うのはIoT機器のIPアドレスに接続を試みるポートスキャンで、ネットワーク管理者とのやり取りになるが、私たちのスマートスピーカーなどに国が無断で侵入してくることに変わりはない。また、将来的には国による個人情報の収集があり得るということでもある。来るオリンピックのために、少なくとも私は国がこんなことまですることに同意した覚えはない。

昨今、急激に普及し始めたスマートスピーカーは、各メーカーのＡＩアシスタント機能をもつサーバにつながっており、インターネットに接続している家電を動かしたり、車を自動制御したりできるほか、さまざまなプラットフォーム上のサービスを利用することができる。まさにスマホが要らなくなるほど便利なツールだが、サーバ間のネットワークに取り込まれた無数の個人データは、当然、ビッグデータを集める国や企業、もしくは犯罪組織に狙われる。

大都市圏ではいま、国内外の配車アプリを使ったタクシーの配車サービスが広がっている。これもビッグデータが可能にした技術である。昨秋、大阪に上陸した中国の配車サービス大手の場合、路地の一本一本から信号の一つ一つに至るまで、アプリとタクシーの位置情報によって刻々と集められる大阪の都市情報が、すべて中国にある本社のサーバに集積されるのだが、ローカルニュースで紹介された映像を観ると、その精度はもはや警察の交通管制システムの比ではない。端的に、一つの都市が一企業によって丸裸にされるのがこの配車サービスなのだ。

この現実にそこはかとない恐怖を覚える私は、やはり時代遅れなのだろうか。ビッグデータとＡＩと５Ｇが人間社会を動かし始めたいま、私たちはいつの間にか効率や利便性と個人情報をすすんで引き換えにし、サイバーテロの危険性にさえ眼をつぶっている。

とはいえ、そんな時代だからと言って、今回国が行おうとしているＩｏＴ機器への侵入は、やはり擁護する理由がない。なぜならパスワードなどの脆弱性を改善する程度のことで、サイバーテロは完全に防げるものではないからだ。個々に適切なアップデートを行い、セキュリティーソフトを入れ、違法ダウンロードや怪しい添付ファイルに細心の注意を払っても、万全でありえないのが高度情報通信ネットワーク社会なのである。

これからますます広がってゆくだろうネットワーク社会の本態をしっかり頭に入れておくべきなのは、ほかでもない、先進的なテクノロジーの麻酔をかけられ、日々絶対に必要とまでは言えないアプリを嬉々として起動する私たち一人一人である。

２０１９・２・24

北方領土交渉
欲望ゲームなのか

2月7日は北方領土の日だった。1981年の記念日制定以来、毎年開かれてきた返還要求全国大会のアピール文から、今年は初めて「不法占拠」の文言が消えた。現在の日ロ両首脳の良好な関係に、領土交渉進展のかすかな望みをつないで、日本側がロシアの主張に配慮したと言われている。

それにしても終戦から74年、元島民でもなく北海道の漁業者でもない日本人にとって、北方領土はすでに日本固有の領土という実感も薄れ、遠い記憶の欠片《かけら》になっていると言えば言い過ぎだろうか。もちろん、いつの日か返ってくるのならこころ躍る話だが、ロシアという国の世界でのふるまいを見るにつけ、ここへ来て急に交渉が進展するかのような最近の日本政府の楽観は、ほとんど外交の体をなしていないとさえ思う。

実際、1955年に始まった日ソ交渉の歴史のなかで、いまほど安直な期待が先行している時代はなかったのではないだろうか。この間、中ソの対立や接近があり、ソ連の崩壊があり、政治・経済・外交の諸事情が変化すれば、交渉の前提や条件もまた変化して、ときに1993年の東京宣言や2001年のイルクーツク声明などの好機もあったが、日本は結局それらを活かすに至らなかった。

しかしそれも、帰属の問題や4島返還で譲れない国内事情と政治判断の帰結であって、必ずしも日本外交の一方的な敗北だったわけではない。むしろ日ソ交渉の長い歴史が私たちに教えているのは、これがそれほどに解決の困難な問題だということなのだ。

振り返れば1945年8月9日、ソ連は日ソ中立条約を一方的に破棄して参戦し、日本が降伏した8月15日以降も侵攻を続けて千島列島を占領した。この不法行為を黙認したのは、ヤルタ会談でソ連と密約を交わした英米である。

一方、日本はサンフランシスコ講和条約で樺太南部と千島列島の権利を放棄しており、北方四島を「日本固有の領土」と言い始めた経緯は判然としないが、平和条約によって最終的に国境が確定するまでは、ロシアも日本も、ともかく「言った者勝ち」ではあろう。

しかし時代はうつろう。ここ数年、ロシアはクリミア併合で欧米と対立するなか、日本による経済協力や投資への期待があると言われてきたが、最近は中国や韓国の投資を呼び込み、国後《くなしり》・択捉《えとろふ》の経済発展は急速に進んでいるという。それとともに領土交渉に反対するロシア世論も強硬になり、交渉の環境はむしろ格段に厳しくなっているが、それでも日ロの両首脳だけが依然として前のめりなのは、この領土交渉がすでに実質的な意味を失い、歴史に名を残したい政治家の欲望のゲームになり下がっているということだろうか。

この北方領土問題で国民が求めるのは、ひとえに説明である。日本が世界の良識に背を向け、ロシアのクリミア併合を不問に付してまで急いで領土交渉を進めることの説明である。あるいは、ここへ来て「4島返還」を封印した理由の説明である。また何より、交渉はいまどうなっているのか、の説明である。とくに、期待を抱いては裏切られてきた元島民が一番望んでいるのは説明なのだ。

昨年末、記者の質問さえ拒否した外相の会見を見せられたとき、私たちは領土交渉が行き詰まったか、まともに説明できない茶番が行われているかだと直感した。折しも日本が地上型イージスの導入を決め、さらにはアメリカがＩＮＦ（中距離核戦力）全廃条約を破棄して、米ロに中国を加えた軍拡に拍車がかかろうとしているいま、それでも領土交渉が進むと考えるほど、国民はめでたくはない。

交渉は、たゆまず続けるべきではある。しかしその前に、北方四島はこの70余年、日本固有の領土としてではなく、沖縄と同じく、いまなお片付かない戦争の負債の記憶として、在る。戦争で失うこともあるのが領土なのである。そう厳しく捉え直すほうが、よほど地に足がついていると思う。

２０１９・３・３

五輪ニュースに社会の悲しみを見る

日本が誇る世界トップクラスのスイマー、池江璃花子《りかこ》さんが白血病で休養に入った。賑《にぎ》やかな話題があふれるスポーツの世界で、こんなに悲しいニュースに出合うこともあるのかとため息が出る。

さらに、これがいまの時代なのだろう、気丈にも本人が自身のツイッターで心境を公表し、それがまた私たちを深く考え込ませる。オリンピックを1年半後に控えての発病が並大抵の失意ですむはずはなく、まさに人生のどん底に突き落とされているときだろうに、この折り目正しさは、いったいどんな意志の強さの為せる業なのか。なんともすごい18歳である。

とはいえ、私たちの暮らしの多くの場面がSNSで不特定多数に共有されるこの社会で、国民の期待や希望を一身に背負うアスリートたちは、ある意味プライベートな個人である自由を奪われていると言ってもよい。彼らが自らに課せられた役割をあまりに立派に演じるとき、その背後に、美談や感動を求める社会の圧力を感じることもあるのは私だけだろうか。

根性無しの年寄りが遠くから思うことではあるが、白血病というけっして軽くはない病を背負った18歳の若者はいま、全国から殺到するエールや骨髄移植のドナー登録急増のニュースに囲まれ、荒れ狂うこころを必死に抑え込んでいるということはないだろうか。そんな詮ない想像をしながら、こちらもまた悲しみのやり場がない。

しかも、こうして一人のアスリートが厳しい試練に耐えているときに、いい歳をした国務大臣が言うに事欠いて「がっかり」だと口を滑らせる。国会答弁を見る限り、職務への自覚も能力もない人のようだが、こんな大人が担当大臣を務めている東京オリンピック・パラリンピックとは、いったい何なのか。

近年、日本人アスリートたちの能力は著しく伸びており、東京オリンピックはまさに彼らが世界に挑む晴れ舞台になるに違いないが、その世紀のイベントの準備や運営に携わっている大人たちの、自覚のなさはどうだ。

東京都のオリンピック招致委員会が海外のコンサルタント会社に支払った2億3千万円が賄賂にあたるとして、フランスの司法当局が捜査をしている件を見よ。オリンピックは金で買うものという一面がなきにしも非《あら》ずなのであれば、けっして表沙汰にならない立ち回りが必須だろうに、日本の招致委員会は子どもの使いのような脇の甘さで世界に大恥をさらす。

さらに、招致委員会の責任者で日本オリンピック委員会（ＪＯＣ）会長でもある人物は、自分は「いかなる意思決定プロセスにも関与していない」として、役職を辞任する気配さえない。誰も責任を取る者がいない無法状態は、当初約7340億円とされていた予算が昨年秋の時点で3兆円にまで膨らんでいる件も同様である。

世界を相手に記録に挑む若者たちと、世界に恥をさらして頬かむりする大人たちと——。東京オリンピックのこの現実こそ、「がっかり」ではないか。

先日千葉県で、児童相談所が再三関わりながら10歳の少女の死を防げなかった事件があった。その悲惨な死に、またも児相のあり方が厳しく問われているが、ここでも問題は大人たちの自覚の乏しさに行き着く。児相が地方公務員の配属先の一つでしかなく、専門知識もない職員が日々山積みの案件に追われながら、煩雑な虐待事案を扱っているのが現状だとしても、そのことと職員の自覚の乏しさは別の話である。千葉の当該の児相でも、少女の安否について職員たちが基本的な注意義務をまともに自覚しておれば、事態は変わっていたはずなのだ。

先の大臣は言うに及ばず、当事者の自覚を欠いた大人たちが若いアスリートの夢を汚し、社会の片隅で助けを求めている子どもを死に追いやる。ずっと昔、いつの間にか戦争を始めて若者を戦場へ送ったのも、こういう大人たちではなかったか。この国は、子どもや若者を少しも大事にしていない。

2019・3・10

はやぶさ2快挙
宇宙で今、何が

小惑星探査機はやぶさ2が、地球と火星の間の楕円《だえん》軌道を回る小惑星リュウグウへ着陸した。同時に行われた岩石のサンプル採取の成否の検証はこれからだが、2014年暮れの打ち上げから4年待ち続けた朗報である。

思えば宇宙探査は、長年人類が無条件にこころを躍らせる数少ない分野の一つであり続けてきた。最近では、15年間動き続けた火星探査車オポチュニティが、砂嵐でついに死を迎えた話。1977年に打ち上げられた多惑星探査機ボイジャー2がいよいよ太陽圏を離れて恒星間宇宙に達した話。少し前になるが、土星探査機カッシーニが約20年にわたる観測の最後に、土星の大気圏に突入した話。29年前に打ち上げられたハッブル宇宙望遠鏡などは、その圧倒的に鮮明な星々の写真によっていまも私たちを驚かせ続けている。

日本のはやぶさ2も、小惑星イトカワに挑んだ初号機から改良が重ねられ、今回は直径900メートルのリュウグウの、さらに直径6メートルというピンポイントへ着陸してみせた。また何よりも、有機物や水を多く含む炭素系岩石で出来ているリュウグウは、イトカワより太陽系初期の姿に近く、採取したサンプルから生命の起源に迫ることが期待されている。

私たち日本人の宇宙への関心は、古くは旧ソ連のボストーク1号やアメリカのアポロ計画に始まり、すばる望遠鏡による宇宙探査や、国際宇宙ステーションでの日本人宇宙飛行士の活躍によって育まれてきた。いまでは国産大型ロケットの打ち上げのたびに種子島宇宙センターに集まる人びとの歓声も、日常の光景となっている。

しかし同時に、私たち日本人は、宇宙への憧憬《しょうけい》がいまなお素朴なかたちを留《とど》めている稀有《けう》な国民なのかもしれない。世界ではいま、80年代に米ソが進めていた衛星攻撃兵器の開発競争や、宇宙を舞台にしたアメリカの戦略防衛構想「スターウォーズ計画」の亡霊が、「宇宙強国」を目指す中国の著しい台頭によって、新たなかたちで甦《よみがえ》ってきているからである。

2007年に人工衛星破壊実験で世界を震撼《しんかん》させた中国は、いまや独力で月の裏側へ探査機を着陸させるまでになった。22年には宇宙ステーションの運用を始めるほか、豊富な資金力でロシアや欧州各国を取り込み、月面基地さえ射程に入れているとされる。アメリカの全地球測位システム（GPS）に対抗して、中国が独自の衛星測位システムを張り巡らせる先には、当然ながら民生分野での利用に限らない軍事的覇権の獲得が視野に入っているだろう。いま各国が神経を尖《とが》らせている中国によるとみられるサイバー攻撃が衛星にまで及ぶとき、世界が直面する事態の深刻さは想像を絶する。

昨年、アメリカはついに宇宙軍の創設を言い出し、日本も暮れの防衛大綱改定に「宇宙・サイバー・電磁波の領域における能力の獲得・強化」を盛り込んだ。想定されているのは宇宙状況監視（ＳＳＡ）体制の構築や、サイバー防衛能力の強化、相手のレーダーや通信を無力化する電磁波攻撃能力などだが、技術面でも予算面でもすでに周回遅れの感がある。

２０１２年、宇宙航空研究開発機構（ＪＡＸＡ）法の改正で、防衛分野の研究へ道が開かれ、一昨年はＸバンド防衛通信衛星も種子島宇宙センターから打ち上げられた。もちろん、私たちが４年前に大歓声で見送ったはやぶさ２も、そのまま軍事技術になり得る。

宇宙分野に限らず、いまや民生技術と軍事技術の線引きは現実に不可能な時代になっている。しかも民間の商業利用や多国間の技術協力が進む宇宙空間で、安全保障上の世界共通ルールをつくるのもほぼ不可能に近い。衛星へのサイバー攻撃で地球上の社会インフラが一瞬でダウンするような宇宙戦争は、ほんの少し前までＳＦの世界の話だった。それがいま、人類が想像もしなかった絶望と諦めを孕《はら》みながら現実になろうとしている時代に、はやぶさ２はいる。

２０１９・３・17

沖縄の米海兵隊
何のための駐留なのか

2月24日に行われた沖縄県民投票で、有効投票数の72％が反対票となったことを、私たちはみな、それなりに新聞やテレビで見聞きした。また同時に、「投票の結果を真摯《しんし》に受け止める」という政府が、その舌の根も乾かぬうちに辺野古沖の埋め立て工事を続行する姿も目の当たりにした一方、今回示された沖縄の人びとの民意について、いまこそ本土の人間が考えるときだという声も、新聞などを通していくつも耳にした。

実際、本土に住む者が沖縄の基地問題をわが事として捉えるべきなのは、まさにその通りであり、県民投票の結果を受けて「はて」と考え込んだ人も少なくないだろう。日ごろ忘れてはいても、私たち本土の人間にも沖縄に負担を押し付けていることの自覚ぐらいはある。国防の事情など理解できずとも、誰しも何とかならないかと思ってはいるのだ。

とはいえ沖縄の現状は、もとより私たちがすぐに解決策を見いだせるようなものではないし、今回もまた何も思い浮かばないまま、気がつけば新聞やテレビは、いつの間にかベトナムのハノイで開かれた米朝首脳会談一色になっている。拉致被害者家族はもちろん、これも日本人にとって気がかりな問題ではあり、いったいどうなるのかとニュースに釘《くぎ》付けになる、その私たちの耳目から、沖縄はまた遠くなってゆく。

それにしても、私たち本土の日本人が沖縄の現状に十分に向き合えないでいるのは、あくまで私たちの意志の問題であって、状況が複雑すぎて解決の糸口が見えないからではないだろう。もし複雑さが原因なら、北朝鮮に拉致された人びとの救出を訴える家族会などは、とうの昔に活動を諦めていなければならないことになる。

もちろんそうは言っても、沖縄の基地は東アジアとインド太平洋地域の安全保障に直結する問題であり、その戦略的な意義を云々するのは、一般人にとってはハードルが高すぎる。しかも与党と野党で言うことが違い、防衛の専門家たちはまた違うことを言う現状では、そもそも米海兵隊は何がなんでも沖縄にいなければならないのか、それとも必ずしも沖縄でなくともよいのか、そんな基本的なことすら判断ができない。

判断できないのは、開戦と同時にまずは潜水艦発射弾道ミサイルの応酬になるといわれる時代に、海兵隊がどれほどの重要性をもつのか、などについても同様であると思っていたら、2月22日付の朝日新聞に、元米国務長官首席補佐官の話が載った。要約すれば、1990年代前半の検証では沖縄は海兵隊の訓練地としてはむしろ不適格であり、朝鮮半島有事や台湾有事の際も、規模の小さい在沖海兵隊に、前方展開させるような戦略的価値はないという内容である。それでも海兵隊が沖縄にいるのは、米本土に移転させるよりはるかに安上がりだから、ということだ。

もう一人、元米国防総省東アジア政策上級顧問は日本政府寄りの意見だったが、曰《いわ》く、海兵隊は中国を睨《にら》んだ「同盟のシンボル」だから撤退は得策でないという。しかし、もしシンボルにすぎないのであれば、沖縄でなくてもいいということではないだろうか。

アメリカの元国防関係者たちが、沖縄の海兵隊はアメリカのインド太平洋戦略にとって重要な位置にはないと言う。これを一定の事実と受け止めるなら、私たちはまず海兵隊のグアム移転を求めるのが現実的かもしれない。海兵隊がいなければ普天間も辺野古も要らないし、まともに国防を考えるなら、軟弱地盤のせいでいまや非現実的なものと化している辺野古沖の埋め立てに、国もこれ以上固執しているひまはないはずだ。

東京は本降りの雨の下、一杯1200円のコーヒーを求めて人びとが行列をつくり、テレビはまるで世紀のイベントのように米朝会談を伝え続ける。そんないま、本土の日本人として、沖縄について一つでも二つでも無い知恵を絞る意志を持ち続けていたいと思う。

2019・3・24

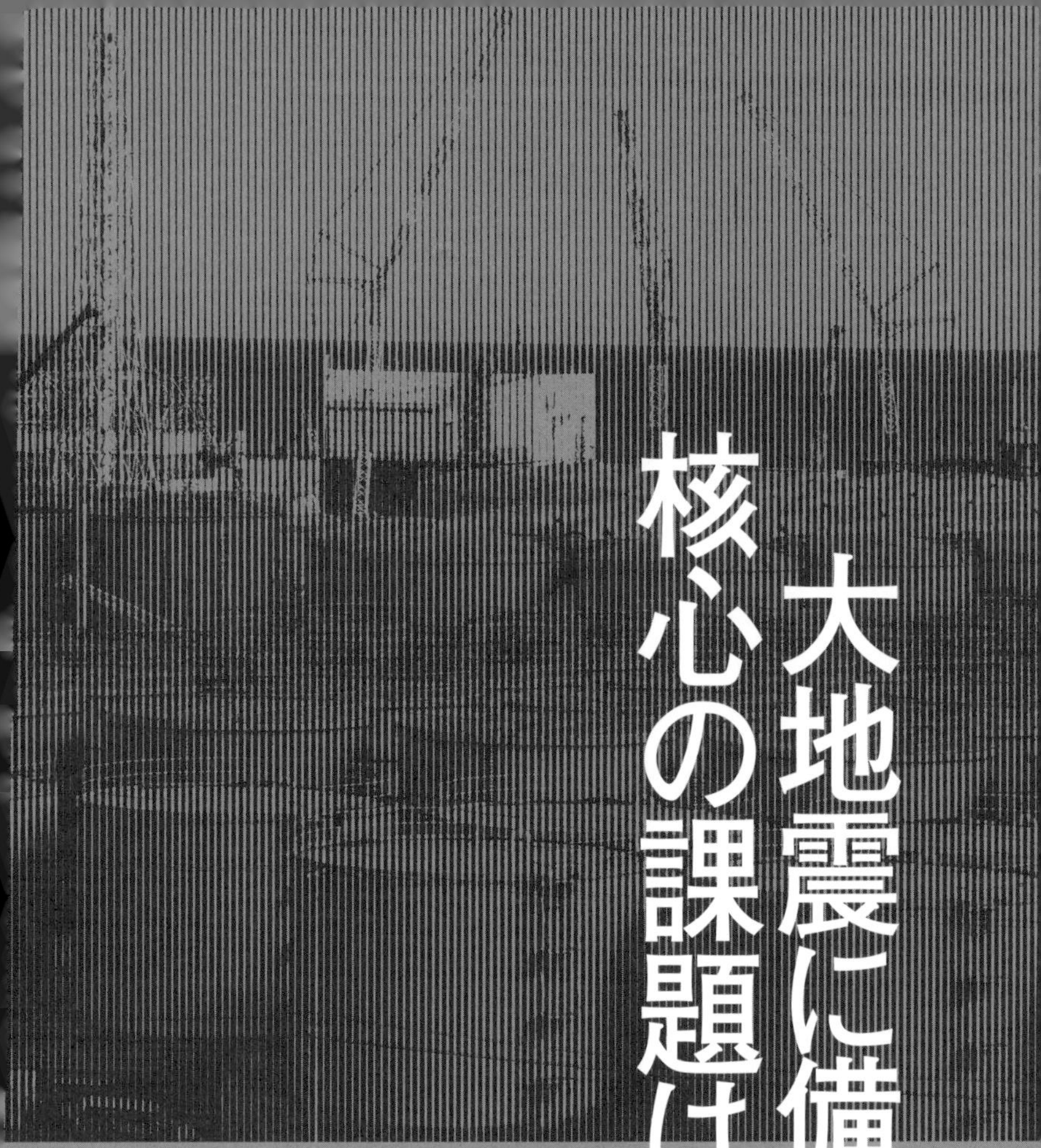

大地震に備えて
核心の課題は何か

3月6日、日産のカルロス・ゴーン被告が東京拘置所から保釈され、同じ日に大阪では学校法人森友学園の前理事長とその妻の補助金詐欺事件の裁判が始まった。前者の勾留期間が108日。後者が約300日。この国では否認事件の被告が数カ月間勾留されるのは日常の光景なので、ゴーン被告の勾留だけがとくに長かったわけではない。むしろ、日本の人質司法に対する海外メディアの批判や、強力な弁護団を雇える財力のおかげでゴーン被告は108日の勾留で済み、ただの大阪のおじさん・おばさんの前理事長夫婦は300日になったということである。

もっとも、人質司法には確かに改めるべき余地はあるが、この二つの事件の核心はもちろんそこにはない。私たちはゴーン被告の裁判を通して、この国の企業経営のあり方を根本から問わなければならないし、森友学園の補助金詐欺では、国有地売却をめぐる深い闇がまったく手つかずになっていることを肝に銘じておかなければならない。賑やかな報道合戦につい惑わされるけれども、拘置所を出る際のゴーン被告の変装など、実にどうでもいいことなのだ。

それにしても当世、国や行政の不作為、メディアの人気取り、あるいは市井の無関心や不注意によって、物事の核心が日々ずれがちになっているのを痛感する。

折しも東日本大震災から丸8年となるこの3月は、メディアもそれぞれに特集を組んだ。たとえば福島第1原発関連では、溶け落ちたデブリの姿をカメラで捉えた段階にすぎない廃炉作業の現状や、100万トンに達する汚染水処理の難しさ、さらには中間貯蔵施設の建設が遅れたまま、周辺に野積みされている2200万立方メートルの汚染土の再利用問題、はたまた処理費用が最大81兆円にのぼるという民間シンクタンクの再試算結果、そしていまなお故郷に帰還できない被災者の声、などなど。

そうして私たちは、いつ終わるともしれない原発事故の後始末の不毛さを、あらためて思い知らされたのだが、そこで私たちが摑《つか》むべき核心とは何だろうか。

南海トラフ地震は言うまでもなく、青森県東方沖から房総沖にかけて、M7級の海溝型地震がこの先30年以内に80〜90%の確率で起こるという長期評価が出たいま、各地で稼働中の原発を直ちに止めることこそ、それではないか。仮に電力供給に大きな支障が出ようとも、福島が私たちに告げている核心は、それ以外にあるか。

今後日本各地を襲う大地震に備えるというとき、考えるべき核心はほかにもある。阪神淡路大震災から24年の神戸では、生活を再建した人と取り残された人、変わってしまった風景と変わらない風景、薄れゆく記憶と消えない喪失感などが、是も非もなく混在し、固定化されている。しかしその神戸も東北も、あるいは先ごろ大地震に見舞われた北海道の胆振《いぶり》地方も、人間の生活が根こそぎにされた震災の記憶が癒える間もなく、次の大地震に襲われるかもしれない。しかも、度重なる被害が物理的にも精神的にも人間を圧し潰してゆくとき、いつか復興も追いつかなくなる。これがいま、私たちが直面している現実である。

実際、2019年度末で国債残高が897兆円に達する国の財政には、おそらく南海トラフ地震の規模の災害に十分に対応するだけの余裕はない。医療従事者も、消防も警察も自衛隊も、最善を尽くそうにも被害が大きすぎて手が回らない。そう、私たちはまさしく自力で生き延びるほかないのだ。

これは、戦後の日本人がまったく見たことのない世界であり、国も国民も、文字通り頭の中身を完全に入れ替えて、未知の事態を迎え撃つほかはない。いざとなれば産業や経済や生活の慣行を白紙にしてでも、持てる限りの知恵と予算を注《つ》ぎ込んで、国土と人間の損害を極力小さくするほかはない。

日産に限らず、次の大地震のあと、いったいどれだけの産業がこの国で生き延びているだろうか。

2019・3・31

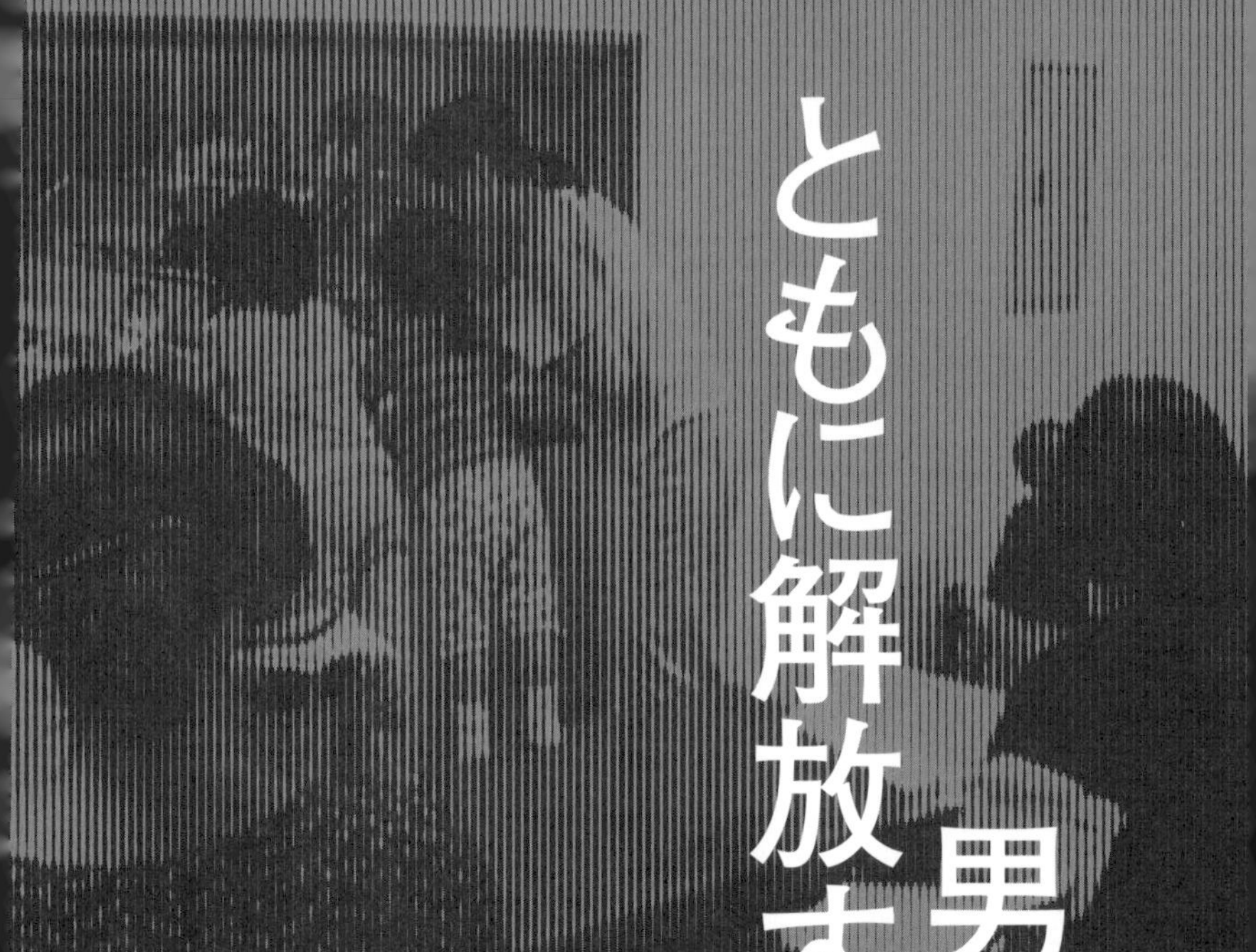

男女の「均等」 ともに解放する自由を

今年も受験シーズンが終わった。医学部を目指していた女子受験生たちは、無事合格しただろうか。

昨年は、東京医科大をはじめ複数の大学の医学部医学科の入学試験で、女子が不利になるよう不正な得点操作が行われ、それがほぼ慣行となっていることが明るみに出た。昔からしばしば裏口入学の話は聞くが、女子というだけで不利な扱いを受ける世界が、かくも当たり前のように存在するとは。

しかも、女子受験生の多くが従来から何となく現状を知っており、世の中そんなものとあえて甘受した上で試験に臨んでいると聞く。また現役の女性医師たちも、自分たちには出産や子育てのハンデがあるほか、外科手術や救急外来などの現場では体力的に男性医師に軍配が上がるので、入試で女子の合格率が低く抑えられるのは、ある程度やむを得ないという認識らしい。

差別されている側がそういう認識なのは少々意外な気もするが、医療現場の実情を冷静に眺めた末の実感なのだろうし、それでも不利を承知で医学を志す彼女たちは、まさにあっぱれと言うに相応《ふさわ》しい。

さらに最近では、旧態依然の医学界の不自由を嫌って海外へ留学する女子受験生が増加しているとも聞くが、海外に活躍の場を求めるのも一つの手ではあるだろう。この国の男性たちが死守する権威主義の旧弊やムラ意識の旧弊など、女性たちが貴重な時間と労力をかけてあえて闘うだけの価値はないという考え方もできるからである。

女性に厳しいのは政界も同様である。4月には、昨年成立した候補者男女均等法の下での初めての統一地方選挙が行われるが、地方議会に占める女性議員の割合が約13%という現状が大きく改善される見込みはない。現に、前回2015年の選挙で初当選した女性議員540人に対する朝日新聞のアンケートでは、均等法ができても女性議員は増えないという回答が41%、増えるという回答が29%だった。ここでも女性たち自身が現実をシビアに見つめている。

この国で女性議員が少ない理由はさまざま言われる。出産や子育てはもちろん、地方で顕著な男社会の論理、利益誘導のための地域社会の仕組みから女性がおおむね排除されていること、などなど。

一方で、数は少なくとも、地方議会で女性議員たちが十分に男性議員と伍《ご》している姿を見ると、ひとたび政治家になると決めた女性は万難を排してなるし、政治にそれほど魅力を感じない女性は、どんなにお膳立てをされてもならない、ということだろう。

もっとも、女性議員の少ないことが女性たちに大きな不利益をもたらす例もある。子育て世代が切に望んでいるのは待機児童の解消なのに、問題が多々積み残されたままの幼児教育・保育無償化に、地方負担分を含めて年間7764億円をつぎ込むことを決めたのは、男性議員が9割を占める国会である。

国を変えるには地方から。ここは一つ、専業主婦も働く女性も頭を入れ替え、連帯し大挙して地方議会を目指すべきときに違いない。一方、政治の本態は権力をめぐる欲望のゲームであり、ときに戦争さえ遂行するものである以上、国政はどちらかといえば男性向きかもしれない。国政に限って言えば、男女均等は非現実な画餅であるように思う。

壁を乗り越えるのも可。迂回《うかい》するのも可。そういう自由こそが男女をともに解放する。必要なのは、活躍したい人が活躍できる物理的な環境の整備であって、単純な男女均等の数合わせではない。

大学でも企業でも政治の世界でも、そこで何が求められているのかが事前に的確に言語化されることで、男も女もそれぞれの向き不向きに合わせて生き方を選び取ることができる。その結果、男女の数に偏りが生じても、それはそれでこの社会の、現時点での平衡状態というものであり、無理な是正はおそらく新たな歪《ひずみ》を生むことになろう。

2019・4・7

「外国人労働」解禁は喫緊の課題か

各地で桜が咲きそろい、花見や行楽に入学、入社、転勤、引っ越しと気もそぞろな季節である。今春はそこに改元と統一地方選挙が重なり、気がつけば私たちはまた多くの問題を忘れかけている。

昨年暮れに成立した改正出入国管理法も然り。4月1日の施行間際の3月15日にようやく受け入れ分野などを決めた政省令が出、20日には新制度の運用要領が公表されたが、その中身は基本方針を並べただけに留《とど》まっていて、これから実務を丸投げされる自治体も、外国人労働者を受け入れる企業も、みな五里霧中の右往左往が続く。

しかも、給与未払いや深夜労働などが蔓延《まんえん》する現行の技能実習制度の見直しも行われず、研究生名目などで入国した外国人がそのまま不法就労者になる事態も相次いでいる状況では、新制度への移行がスムーズに進むはずもない。人手不足の早急な解消を求める経済界の声に応えた入管法改正だが、こんな状態では、いま働いている技能実習生に、在留期限後も引き続き残留してもらうための新制度だと揶揄《やゆ》されて当然である。

事実、特定技能1号・2号といっても、受け入れ分野14業種のうち、外食・ビルクリーニング・介護・農業・宿泊・飲食料品製造・自動車整備・漁業の8業種は労働生産性が全業種平均を下回っており、そこでの受け入れ予定人数は全体の7割を超えているのだ。ここからは、低賃金のため日本人が避ける現場を外国人労働者が支える従来どおりの構図が見えるだけであり、多文化共生どころか、分断がより進むのは確実である。

いまや都市部のコンビニやドラッグストアでは外国人店員が珍しくなくなり、終夜営業の店舗では従業員を確保できずに営業時間を短縮する動きも出始めた。その一方では、ＡＩが多くの分野で人間の働き手に取って代わるのも間近だと言われるいま、この国の人手不足とはいったい何だろう。

たとえば少子高齢化で若年層や労働人口が減っているのに、私たちは依然として昔と同じ量のインフラやサービスを維持しようとしているだけではないのか。人口減の社会にはそれに見合ったサービスの規模がある。終夜営業や宅配の翌日着などはすぐにでも見直せるはずだし、ＡＩの活用やロボットの普及で乗り切れる分野も数多くあるのではないか。

また、介護や建設は有効求人倍率が4倍を超えるが、ほんとうに人はいないのだろうか。総務省の労働力調査では、２０１８年の男性就業率は25～34歳で91・7％、35～44歳で94・0％、45～54歳で93・5％。世界的に見れば高い数字だが、国内的には低落傾向が続いているそうだ。また、女性に至っては、25～34歳でも77・6％。多々事情はあるにしても、男女ともに仕事に就けていない人が相当数いるということである。ちなみに、25〜54歳の労働力人口は男女あわせて4196万人。その1%でも新たに就業すれば、41万人の働き手が生まれる計算になる。

人手不足を叫ぶ前に、介護分野などはまず職員の賃金を上げ、待機児童を解消して働き手を確保すべきだろう。その努力もせずにアジアの女性たちを安く使うのは、まさに怠慢というものである。

私たちは長いデフレの下で低賃金に甘んじ、物価の下落に甘んずることで人口減に立ち向かうための生産性向上を怠り、いつまでも昔と同じ人手のかかる社会を漫然と抱え続けていまに至っている。そんな状況の下で解禁される安価な外国人労働力は、私たちの賃金水準を一層低下させ、日本経済の息の根を止めることになる。

そうと分かっていて、私たちは今日明日をしのぐために外国人労働者に頼るのか。いずれ安い労働力を先進国が奪い合い、国力を失った日本が外国人を確保できなくなったときはどうするのか。

この国にいま必要なのは、一にも二にも賃上げであり、賃上げに耐えきれない産業の淘汰《とうた》と更新である。外国人労働者の解禁を考えるのはそれからでよい。

2019・4・14

II

厳しい人生が待ち受けるピカピカの一年生

4月の入学シーズン、私たち日本人は真新しいランドセル姿の子どもたちを「ピカピカの一年生」と言祝《ことほ》ぐ一方、彼らの現実をどれほど直視してきただろうか。

3月末に政府が行った緊急調査で、虐待の恐れがあるとされた子どもが2656人。虐待の可能性が否定できないとされたのが9889人。後者は、教職員らが面会できず、不登校や受験といった理由を除き、2月1〜14日に一度も保育所や学校に行かなかった子どもの数である。そのうち保育所に姿を見せなかった1012人は、親による十分な養育を放棄されているのだろうし、1974人の小学生も、親の都合で学校に行けない理不尽な状況に置かれているに違いない。さらに5145人を数える中学生も、反抗期とはいえ、その多くは自発的な怠学や放逸などではないはずだ。

とまれ、大人に頼る以外に生きるすべのない子どもたちが、親の怠慢、もしくは病気などの経済的事情によって、人生の早い時期にまともな教育の機会を奪われており、おそらくこのまま社会からこぼれ落ちてゆくことになる。9889人はそういう数字である。また言うまでもないが、虐待の恐れがある2656人は、いまこの瞬間も飢えや暴力に耐えているだろう子どもの数である。

一方、親に大切に育てられている子どもたちであっても、ひとたび家庭を離れると、学校にはいじめという地獄が待っている。これは古今東西、一定の規律をもつ集団生活にはつきものであり、いじめられる側はなんとかしてやり過ごすすべを覚える以外にないが、多くの場合、真の絶望はあろうことか学校の側からやって来る。

公立であれ私立であれ、学校は社会に対して開かれているどころか、基本的には公教育を担う特権的な閉鎖社会である。いじめを放置したり、事実を隠蔽したりして事態を直視せず、子どものいじめ自殺が疑われる場合であっても、聴き取り調査すらしぶる学校や教育委員会は、けっして子どもたちの味方などではない。そう、子どもたちにはいじめっ子と学校の、2種類の敵がいるのである。

もちろん、友だちや教師に恵まれた幸運な子どもたちもいるが、彼らにも勉強という難題が待ち受けている。先ごろ、来春から使われる小学校教科書の検定結果が出揃い、社会は1・5割、算数・理科は1割、ページ数が増えた。また、2017年に改定された学習指導要領に沿って、社会科では「領土問題は存在しない」と明記するよう求められたり、道徳では「伝統と文化の尊重、国や郷土を愛する態度」に忠実な表現が求められたりと、政治の介入も進んだ。もっとも当の小学生たちは、早晩偏差値で人生を振り分けられるシビアな現実を生きており、現政権のもくろむ情緒的な復古趣味や愛国心の涵養《かんよう》が彼らの人生に入り込む余地は、当面ありそうにない。

小学生のうちから塾通いが当たり前となってゆく子どもと、そうではない子どもの差は明らかに親の経済力の差であるが、それが自分の未来をあちら側とこちら側に分けることを知っている子どもたちは、大人も顔負けの厳しい人生を生きている。もちろん、豊かな家庭に生まれ、進学塾で上位の成績を競っている子どもも、その世界なりに自分の成績に絶望したり、早々と才能の限界を思い知らされたりするという意味では、やはり厳しい人生ではある。

子どもの人生の過酷さはいまに始まった話ではない。いつの時代も親の経済的事情、学校の閉鎖性、いじめという人間関係、身も蓋《ふた》もない学校間格差などにさらされながら子どもたちは生きる。

希望に胸をふくらませて小学校に入った彼らが、それぞれに希望を持ち続けて中学生になり、高校生になってゆくだけのことが、いかに難しいか。親も社会も政治家たちも、そのことを少しでも真摯に思い返してみるなら、道端ですれ違う子どもたちを見る眼が、根本から変わるはずだ。ピカピカの一年生たちを見守りたい。

２０１９・４・28

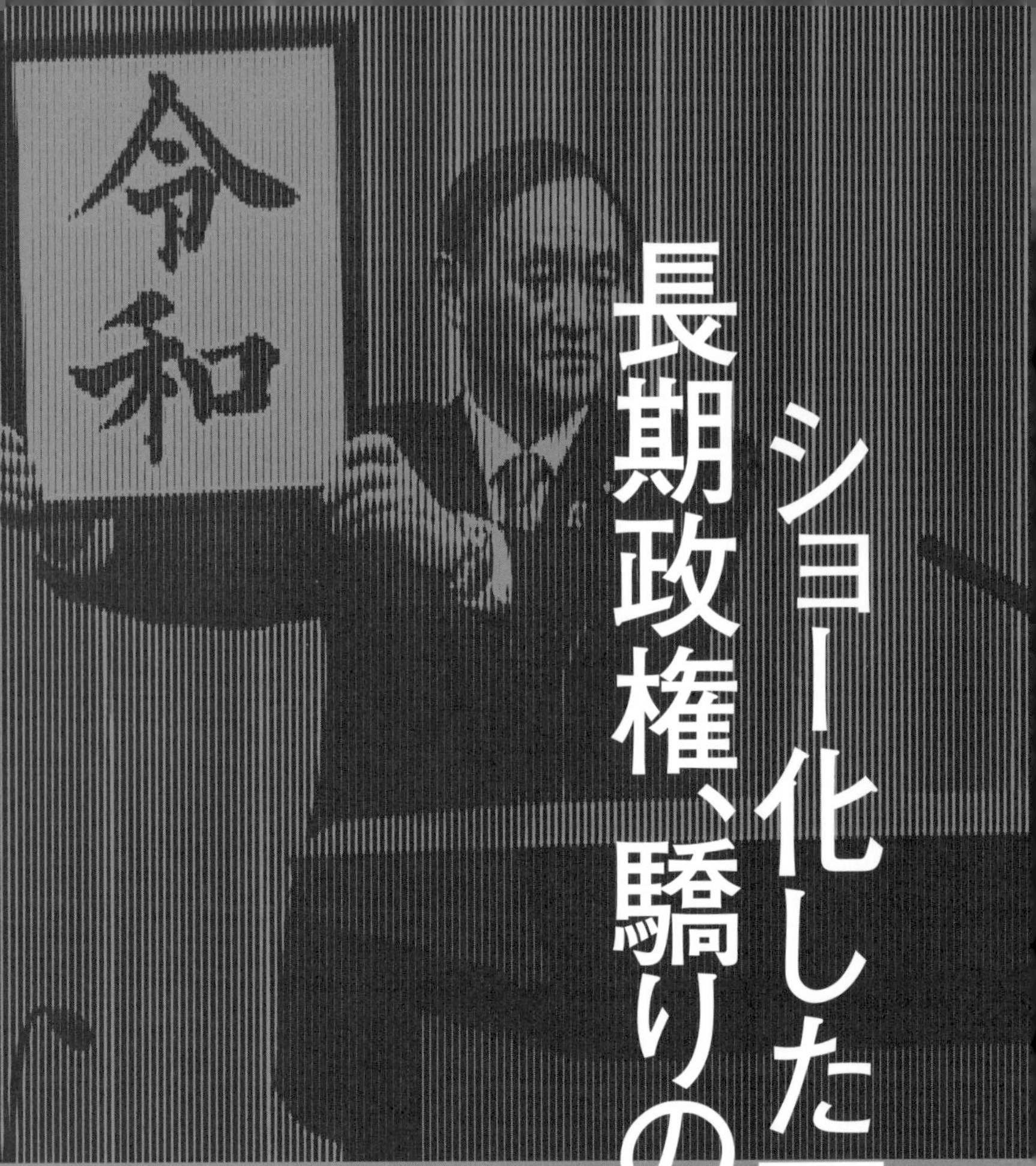

ショー化した「元号」
長期政権、驕りの果て

新元号は「令和」に決まった。平成のときは昭和天皇の崩御にともなう元号の交代だったためか、発表はおしなべて粛々とした空気の下で行われ、私たち国民は是も非もない気分だったと記憶している。それに比べると、今回は政治ショーと見紛《みまが》う過剰な演出やメディアの報道によって、逆に元号そのものの変質が印象づけられる結果になったのではないだろうか。

今回の「令和」は、元号史上初めて漢籍ではなく、『万葉集』を典拠としたことが強調されたが、当該の引用箇所は漢文であり、後漢の文人張衡の『帰田賦』を下敷きにしていることは研究者の定説である。また、その引用箇所について首相が得々と語った「人びとが美しく心を寄せ合う中で、文化が生まれ育つ」云々は意訳もはなはだしく、本来の素朴な文意や味わいからかけ離れた首相の個人的な解釈にすぎない。

ましてや会見で述べられた「悠久の歴史と薫り高き文化、四季折々の美しい自然、こうした日本の国柄をしっかりと次の時代へと引き継いでいく」などは、首相個人の政治的決意であり、新元号の発表にこれほどふさわしくない言明もあるまい。日本の国柄を言うのであれば、万葉の人びとは漢籍に憧れ、学び、和語と交じり合わせて積極的に取り込んでいったのであり、その混交の豊かさこそ古代日本の国柄と見るのが正しい。

この新元号選定の舞台裏では、首相の支持基盤である保守系政治団体の働きかけがあったことや、絞り込みの過程で首相の個人的意向が強く働いたことも伝わってきている。「令」は、1200年前も21世紀のいまも、一義的には命令や使役を表す字である。今回あえてこの字が選ばれたことに一定の政治的偏向を感じるのも、こうした舞台裏あってのことである。

語るべきでない人間が、語るべきでない場で、語るべきでないことを語る。新元号の首相会見がそれなら、同じ日に国土交通副大臣が福岡県知事選の候補者集会で行った応援演説も然りである。

当の副大臣は、首相と副総理の地元を結ぶ道路事業が止まっていたのを、自分が国直轄の調査に引き上げた、自分が忖度《そんたく》したと公衆の面前で嬉々として披瀝《ひれき》し、4日後に辞任するはめになった。こんな臆面もない利益誘導の政治が以前にもまして日常となっている今日、政治家たちは軽率の誹りをものともせず、自身の立場や場所をわきまえることすらしなくなっているのであり、新元号をめぐる首相の場違いな立ち居振る舞いも、まさにその一例にすぎない。

とはいえ、こうした政治ショーがまかり通る根底には、本来もっとも考えなければならない象徴天皇制の将来的なあり方や、一部に異論もある元号の今日的な意味の如何《いかん》などから、政治も国民も眼を逸《そ》らしていることがあろう。そもそも事ここに至った天皇の生前退位を、私たち国民は十分に受け止めることができたのだろうか。また、上皇となった天皇とどう向き合うべきか、国民も政治家も心構えはできているのだろうか。

あと半月ほどで新天皇の即位の日を迎えたとき、残念ながら新元号の発表の日と同じく、意味をはき違えたお祭りムードだけがこの国の表層を通りすぎてゆくことになるのだろう。その先にあるのは、象徴天皇制がなし崩し的に風化してゆく胡乱《うろん》な風景である。

近年、ビジネスや役所では西暦の使用が増えている。この流れは止《とど》まることはないだろうが、一方で、元号はあって困るものでもない。ならば国民が違和感なく受け入れ、暮らしに馴染《なじ》んでゆくものであってほしいが、一政権に露骨に政治利用された「令和」は少々残念な始まりとなった。

今後は、この新元号が正確な意味とともに広くおだやかに定着してゆくことを願うばかりだが、それにしても今回の選定過程は、またしても最終的に公文書として残さないとされている。長期政権の驕《おご》りの果てに、この国はまた一つ歴史の闇を刻むことになる。

2019・5・5

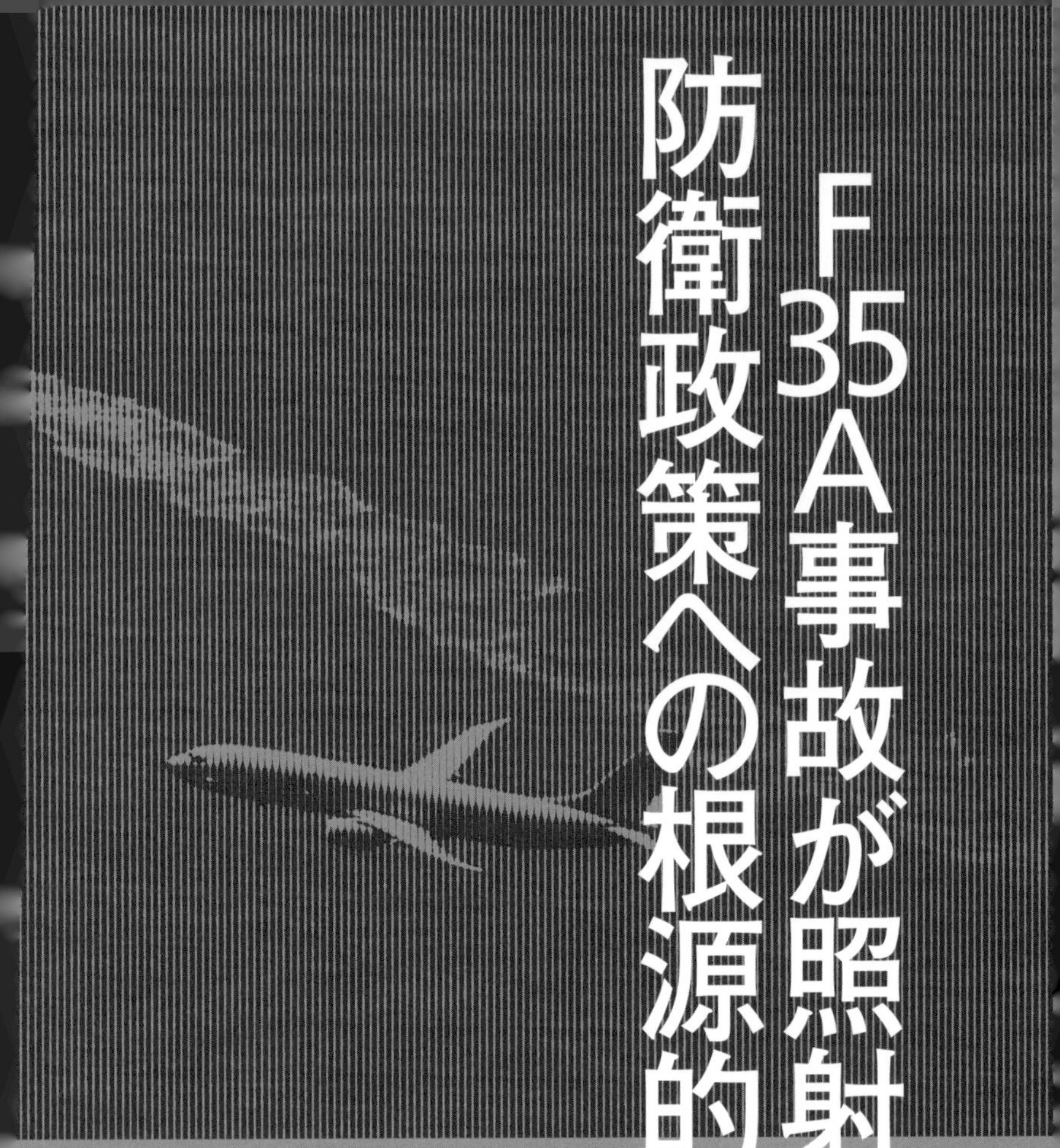

F35A事故が照射する防衛政策への根源的疑義

季節外れの寒波で関東甲信越が雪景色になった4月10日、早朝からメディアはどこも「平成最後の雪」と騒ぎ続け、前日夜に青森県沖で消息を絶った航空自衛隊の最新鋭ステルス戦闘機F35Aについての続報は、見る影もなかった。

4月の大雪と、鳴り物入りで導入された一機140億円の次期主力戦闘機の、世界初となる墜落事故と。比べること自体がむちゃなのは承知の上で、いったい事故の扱いを極力小さくするよう国から圧力でもかかったのかと、思わず勘繰ってみたことである。

というのも、AIで高度に自動制御された最新鋭の戦闘機で、搭乗員が緊急脱出もできないような事故とはいったいどんな事故なのか。この2月に山口県沖でF2戦闘機が墜落したときには搭乗員は脱出しているが、今回はなぜできなかったのか。最新鋭の機体でそんなことがあるのか。一国民の頭は単純な疑問でいっぱいである。

搭乗員が飛行時間3200時間のベテランで、しかも機器はほぼコンピューター制御となれば、事故が操縦ミスである可能性は低いだろう。ならば、過去にも二度あったという機体の不具合か。何らかの設計ミスか、ソフトのバグか。自衛隊はもちろん、米軍も艦艇や哨戒機を出して水深1500メートルの海底に沈んだ機体を捜索しているが、仮にフライトレコーダーや機体の回収ができても、そもそも機体の全部が米軍の軍事機密であるし、点検整備さえ自前で行えない自衛隊は、原因究明の作業も当然蚊帳の外だろう。いったい、自ら事故の検証もできない兵器を戦力と呼べるのだろうか。

報道によれば、２０１２年から順次導入が進むＦ35Ａ、42機の取得費が約６０００億円。30年間の維持整備費１兆２８７７億円。さらに昨年末の中期防衛力整備計画で追加購入が決まったＡ型63機、垂直着陸機のＢ型42機の取得費が合わせて１兆２０００億円。そしてその維持整備費が30年で約３兆円。

この莫大な買い物はすべてアメリカ政府のForeign Military Sales（ＦＭＳ）の制度を利用して行われている。同制度を日本政府はなぜか対外有償軍事援助と呼んでいるが、読んで字のごとく原意はずばり「セールス」である。

同制度は、自国で開発できない最新兵器を入手できる半面、価格や納期などの契約条件をメーカー側が一方的に握っており、非常に割高な買い物になることが前々から指摘されている。しかも維持整備もメーカーが行うので、日本は大金を払って、まったくのブラックボックスを買うことになる。

かくしてＦ35のほか、輸送機オスプレイ、早期警戒機Ｅ２Ｄ、無人偵察機グローバルホーク、迎撃ミサイルシステム「イージス・アショア」と、現政権はアメリカの言いなりに続々と高額な兵器を購入し続けているのだが、ＦＭＳ調達の増大は当然、防衛予算を圧迫する。現に昨年末には、防衛省がついに国内企業62社に装備品代金の支払い延期を要請するに至り、私たち国民を唖然《あぜん》とさせた。

さらにF35Aの導入以降、スクランブル用のF15をはじめ、訓練機や哨戒ヘリコプターの維持整備に十分な費用や要員を回せず、自衛隊本来の任務や備品の補充に支障をきたしているとも言われる。しかも、現場よりも官邸主導で購入されたこれら最新鋭兵器の一部は、現場が必ずしも必要としておらず、十分に使いこなすことのできない代物だという話も聞く。

憲法9条の是非以前に、まともな戦略も知識もない非常識な官邸主導によって、自衛隊の装備と人員の双方で深刻な疲弊が進んでいる。墜落したF35Aは、去年6月まで機関砲や短距離空対空ミサイルさえ持たずに配備されていた。国会では2月、その機関砲の精度が米軍の仕様基準を満たしていないことが問題になった一方、専守防衛を逸脱する長距離巡航ミサイルを搭載する話が進んでいる。

いったいこの国はF35Aに何をさせたいのだ？　戦争ごっこなら、せめて無人機でやれ。

2019・5・12

ノートルダムの教え
観光立国の資源とは

近年どこへ出かけても外国人の多いことにびっくりするが、それもそのはず、2013年に1000万人だった訪日外国人の数は昨年、3000万人を軽く突破し、さらに来年の東京オリンピックに向けた政府目標は4000万人だという。

この急激な訪日客の増加は、いまや飛躍的に豊かになった中国や韓国、台湾、東南アジア諸国にとって、円安の日本が割安な観光地になったことが大きいと言われているが、短期間に3倍もの数の外国人が押し寄せるようになると、さすがに私たち日本人の暮らしの風景も大きく様変わりする。

筆者の住む関西で言えば、京都も奈良も、いまや路線バスに乗るのも難しい混雑ぶりだし、有名な神社仏閣や景勝地は芋の子を洗う喧噪《けんそう》が日常になっている。また、「モノ」より「コト」の消費が最新トレンドのいま、人出は山や渓谷にも及び、熊野古道も高野山も四国霊場も、トレッキング姿の外国人たちが列をなす。

一方、繁華街は訪日客目当てのドラッグストアだらけになり、都市の風景も一変した。駅のターミナルから百貨店、レストラン、ショップまで、スマホを手にした外国人たちの大きなキャリーケースと賑やかな外国語や食べ歩きの匂いに席巻された街は、もう私たちの見慣れた日本ではない。近年、個人的に京都や奈良から足が遠のき、繁華街を避けるようになった理由はそれだが、去年一年間で4兆5000億円に達したインバウンド消費の影響は、一生活者にとっても小さくはない話なのだ。
はて、政府が旗をふる観光立国とはそもそも何なのだろうか。外国人労働者との共生にさえ二の足を踏む私たち日本人はいま、何を求められているのだろうか。

いつの時代も、歴史的建造物や景勝地は、消費されることで観光資源になる。古くは熊野詣でや高野詣でに始まり、江戸時代の鎌倉参詣や伊勢参り、昭和の熱海や別府など、巡礼と娯楽をかねて庶民が足を運び、その楽しさが次々に語り継がれて人が人を呼び、消費が消費を呼んで、鎌倉も熱海も別府も観光地になってきた。

21世紀のいま、旅のスタイルは変わり、かつての団体旅行は一期一会の体験を求める個人旅行が主流になったが、観光が消費であることに変わりはない。しかも、いまやSNSによって情報は猛スピードで拡散し、反復され、消費されてゆく。その結果、個人のインスタグラムで紹介されたモノやコトが次々に新たな観光資源になる一方、古くからの観光地が人気を失う場合も少なくない。

両者を分けるのは、旧来の歴史的文化的価値の如何ではないし、「おもてなし」でもない。それよりも新鮮な驚きであり、面白さであり、インスタ映えであり、まさにいま、人びとが消費したいと思う価値の有無である。春の桜しかり、里山の風景しかり、巷のグルメしかり。この国には当面、外国人の好奇心を刺激するものが豊富にあることは間違いない。

しかし同時に、そうして数十万回数百万回消費されても、消費し尽くされない価値の強度が、最後に観光資源としての命運を分けるのだということは覚えておく必要がある。4月15日の大火災で尖塔《せんとう》などを焼失したパリのノートルダム寺院が教えているのは、まさにそのことである。

あの日世界が見つめたのは、毎年1300万人が訪れ、絵画や写真などで無数に消費され続けてもけっして消費し尽くされることのない何ものかが、炎の下から毅然《きぜん》と立ち上がってくる姿だった。

ひるがえってインバウンドに沸くこの国に、3000万人の訪日客の消費に耐えるだけの強度をもつ観光資源が、どれくらいあるだろうか。おもてなし自慢よりも、まずはこの国の暮らしの風景を地道に守ることが、持続可能な価値を生んでゆくのではないだろうか。自国民の消えたドラッグストアだらけの街に、昼も夜も外国語のアナウンスが響いているような現状を、観光立国とは言うまい。

2019・5・19

「天皇観」と「憲法観」 重なる世論の揺らぎ

時ならぬ天皇の代替わりに伴う10連休は、国民の多くがこれ幸いと旅行やレジャーに繰り出した一方、少なくない割合でそんなに仕事を休めないという困惑の声もあり、国民全体としては、めでたさもそこそこというのが正確なところではなかったか。

とはいえ、令和元年は全国各地で新年のようなカウントダウンで幕を開け、新天皇の一般参賀には14万人超が列をなした。国民統合の象徴たる天皇の即位となれば、国民がそれを祝うのは当然だが、長和殿のベランダを仰ぎ見るその視線は、たとえば現代の雲上人を一目見たいという明るい物見高さであったり、イベントを求めて渋谷のスクランブル交差点に集うのと同種の期待感であったり、またなかには依然として神聖不可侵な「現人神《あらひとがみ》」に拝謁する歓喜であったりし、まさに現代の象徴天皇制のあいまいさ、定まらなさを映すものだったと言える。

30年にわたる前天皇の慰霊と慰問の旅は、天皇とは何者かについての平成の記憶となり、象徴天皇制についてのぼんやりとした国民的合意をつくり上げた。それはまた、過去の戦争責任や、宮中祭祀《さいし》の宗教性と憲法の整合性など、天皇制が抱える諸問題をそっと遠ざけてしまうことにもなり、私たち国民はひたすら思考停止に甘んじ続けた30年でもあった。

案の定、令和となって前天皇の記憶が白紙に戻されたいま、見渡せば日本じゅうどこ一過性の熱狂と無関心にあざなわれたこの10連休の喧噪は、この国の天皇制に格別の一歩を刻むこともなく、残ったのは天皇の代替わりさえ政治利用して憚らない政権の無節操と、休暇後の私たちの遊び疲れと、晴れがましさの裏でいっそう隅に押しやられた感のある、この国のタブーや歴史の恥部である。

平成が終わる直前の4月24日、駆け込むようにして成立した「旧優生保護法に基づく優生手術等を受けた者に対する一時金の支給等に関する法律」がある。この国で2万5000人もの障害者らが強制的に断種や不妊手術を施されてきた歴史の事実は、あらためて振り返るのも辛《つら》く、一日本人としてただただ頭《こうべ》を垂れるほかない。

当該の法律によって、長く事実を認めてこなかった国がようやく救済に踏み出したことになるが、被害者一人当たりの一時金が320万円。人の一生をかくも残酷なかたちで潰しておいて、償いがたった320万円とは、まともな国のすることか。1948年、障害をもつ子どもを「不幸な子」と呼び、戦後の食糧難のなかで少しでも人口を抑制するために全会一致で旧法を成立させた国会が、自身と国の責任をなおもあいまいにしたまま、新天皇の即位を言祝ぐ気持ち悪さよ。

断種や不妊手術は全国のハンセン病療養所でも同様に行われ、隔離政策とともに戦後日本最大の人権侵害となった。その政治の過ちと国民の不作為を贖《あがな》うかのように、前天皇は皇太子時代から46年をかけて全療養所を回られたのだが、象徴たる天皇の行為としてその慰問を決めたのは前天皇自身であって、私たち主権者ではない。憲法第1条に国民の総意に基づくと定められた象徴天皇の有りようを、終始天皇自身に丸投げしてきた私たちは、ただ無関心なのか、それとも神聖にして侵すべからざる何者かを、いまなお無意識に希求しているということなのか。

新天皇を迎えた令和元年の5月、天皇制を眺める日本人の視線は表層的であれ、無意識の集合意識であれ、どちらにしても堅固とは程遠い。それは現行憲法を眺める視線と同じであり、ともすれば政権による憲法改正の働きかけによって世論が容易に揺れ動くように、天皇制もまた、場合によっては揺らぎうることを意味する。

たとえば自民党の憲法改正草案にあるように、象徴である天皇が同時に「元首」になったとき、私たちが見るのはいまとはまったく違う天皇制の風景になろう。

２０１９・５・26

沈む「日本経済」構造的な疲弊

改元のお祭りムードは足早に遠のき、5月半ばには1月と2月に「下方への局面変化」だった景気動向指数の3月分が、6年2カ月ぶりに「悪化」に転じて、政府が「緩やかに回復している」としてきた景気の後退が鮮明になった。

年明け、政府は「戦後最長」景気と謳《うた》い、好調な企業業績と雇用回復、訪日外国人の大幅増など、アベノミクスの成果を強調していたが、実際には、円安にもかかわらず、自動車を除けば輸出は低迷し、貿易黒字幅は減少が続いていた。国民所得も減り続け、個人消費はほとんど伸びていない。そのため市井はつねに景気の厳しさを体感してきたのだが、それが単純に裏付けられた恰好である。

一方で、国も民間も、今後のさらなる景気悪化の材料として深刻な米中貿易摩擦を挙げる。米中の関税引き上げ競争によって双方の経済が傷んで世界の株安を招き、日本の対中輸出も減少して、部品や機械などの業種に大きな打撃となるというのだが、いったいこの種の説明はどこまで正しいのだろうか。仮に米中の貿易摩擦がなくても、もともと日本経済はひとり低迷が続いていたではないか。

折々に時代の潮流を捉えられず、産業構造の改革に失敗し続けた末に、次世代規格の5GやAIはもちろん、世界を牽引《けんいん》する先端産業の多くを失ってしまった日本経済にとって、海の向こうの荒波はまさに弱り目に祟《たた》り目というだけのことではないのか。

恐ろしいことに、この国は景気悪化の原因を海外事情に求めるばかりで、事ここに至った自身の現実を見ていないのかもしれない。そのことを如実に物語っているのが、先ごろ地球温暖化対策の枠組み「パリ協定」に基づいて策定された日本の長期戦略案である。

昨年秋、国連の気候変動に関する政府間パネル（ＩＰＣＣ）が、産業革命以降の気温上昇を１・５度未満に抑えなければ今世紀末の気温上昇が3度に達するとした特別報告書を出した。これを真摯《しんし》に受けとめるなら、各国は新たに、二酸化炭素排出量の削減目標を大幅に引き上げ、２０５０年の排出量を実質ゼロにする必要がある。

しかし、今回の日本の戦略案はそこには踏み込まず、従来どおり「２０５０年までに温室効果ガス排出量の80％削減」に留まった。さらに、戦略案のもとになった有識者懇談会の提言では、なんと経団連会長をはじめ産業界を代表する委員たちが、安価な石炭火力は将来も使い続けるべきと主張して、いまや世界の主流である「全廃」の文言が退けられた。

その一方で、２０５０年の再生可能エネルギーの主力電源化や水素エネルギーの活用、フロン類の全廃などが総花的に並べられた傍らでは、案の定、CO^2削減に不可欠として原発推進が当然のように盛り込まれたのだが、この戦略案は、たんにこの国の危機感の欠如を露呈しているだけではない。国も産業界も、やる気がないという以前に、世界がこれをどう見るかという視点を決定的に欠いているのだ。そしてもちろん、世界的に再生可能エネルギーの技術革新が進み、コストが大幅に下がっている現実も見ていない。

この構図は、産業の刷新ができなかったことと通底しており、まさにこの国の構造的な疲弊を映している。かつて石油危機をバネにして、国をあげて省エネ技術の開発に取り組んだエネルギーは、もうどこにも見当たらない。

デフレも少子高齢化も、この国に次世代産業が育たなかった理由にはならない。異次元緩和が見かけの成長のために赤字国債を積み上げる結果にしかならなかったのは、海の向こうの貿易摩擦や金融危機のせいではない。低迷の原因は、ひとえに日本社会が改革を恐れ、怠り、新たな挑戦をしなかったことにある。

産業界は老いたのだ。国はせめて有識者懇談会の詳細を公開して国民に自らの老醜をさらし、次世代の生業《なりわい》をどうするか、国民に真剣に問いかけるべきである。

2019・6・2

議員の「戦争」暴言
「意志なき外交」の証左

過日、北方四島のビザなし交流で国後島を訪れた元島民に、同行の国会議員が「戦争しないと、どうしようもなくないですか」などと迫ったとか。複雑の上にも複雑な元島民の心情をよそに、日ロ間の北方領土交渉の当事者である国会議員が、言いも言ったり。酒席の暴言であれ、憲法と国際法を無視して憚らない確信犯であれ、まさに政治家になってはならない人が政治家になっている国家的不幸とはこのことである。

とはいえ、これが深刻な事態である理由は正確に何か。戦争で奪われた領土は戦争で取り返すしかないといった言説が、いまごろ現役の国会議員の口から出ること、そのことか。あるいは、このトンデモ言説が孕んでいる一定の真実を、誰も否定しきれないことか。

もちろん、北方四島を武力で取り返しにゆくことなど論外だが、1956年の日ソ共同宣言からこのかた、機が熟するのをひたすら待ち続けた領土交渉の歴史が物語っているのは、この先も当面は一ミリも動きそうにない厳しい現実である。だとすれば、くだんの議員のような暴論がこの国に潜在する可能性はつねにあると見るほうが正しいし、臭いものに蓋をして切って捨てる前に、私たちにも考えるべきことが多々あるのは間違いないだろう。

たとえば安倍首相は、この6年間に25回も首脳外交を重ね、個人的な「信頼関係」で領土交渉の突破口が開けるかのような幻想を振りまいてきたが、折々にどのような成算があり、どのような進展があったか、そろそろ詳細な検証がなされてもよいときだろう。というのも、4月23日に閣議決定された2019年版の外交青書から「北方四島は日本に帰属する」の文言が突然削除されたからである。

北方四島を日本固有の領土とする数十年来の国是を、公に説明もしないままいきなり削除して臨む外交とは、いったい何なのだ。そんな日ロ外交によって、政府はこの国をどこへ連れてゆこうとしているのか。価値観を共有しない欧米とロシアの厳しい対立があるなか、日本はいったいどんな立ち位置を取るのか、国民は一度も説明を受けたことがない。

対北朝鮮も同様である。圧力はいつの間にか影をひそめ、この3月には、拉致問題を国際社会に訴えるために2008年からEUと共同で国連人権理事会に提出してきた対北朝鮮非難決議案から、日本は降りてしまったのだが、そのことについての説明もない。

そしてこの5月6日、安倍首相は金正恩《キムジョンウン》朝鮮労働党委員長と条件をつけずに会談すると言い出したところだが、条件を付けずにいったい何を話し合うというのだろうか。首脳同士が握手して「信頼関係」を演出しても、拉致・核・ミサイルの懸案を地道に詰めてゆく作業なしに両者が向き合う意味など、どこにあるというのか。いやそれ以前に、そもそも日朝間には信頼に足る外交ルートさえないと言われる現状では、会談そのものが世迷言《よまいごと》だろう。

さらに言おう。沖縄の現状を顧みるまでもなく、私たち日本人は国家に十分に守られているという実感に乏しい。日米首脳のゴルフ外交を後目《しりめ》に、貿易交渉の現場は日本側にほとんど交渉のカードがない無力さだし、先般青森県沖に墜落したF35Aの事故原因の追及は、日米の外務・防衛担当閣僚会合の主要議題にもならない。日米安保条約の下、日本は被爆国でありながら恥を忍んで核兵器禁止条約に背を向けるほかないし、イランとの核合意から離脱したアメリカの暴走を止める力もない。

しかし、覇権を争う米中のはざまでひたすらアメリカに追従したり、中国に媚《こ》びたりではあっても、それが国民の暮らしと平和を守る道だという確固たる信念の帰結であれば、それこそが外交であり、国家の意志にもなろうというものである。軽々に戦争を口にするような政治家が現れるのは、まさに、この国にはそうした国家の意志がないことを意味している。

2019・6・9

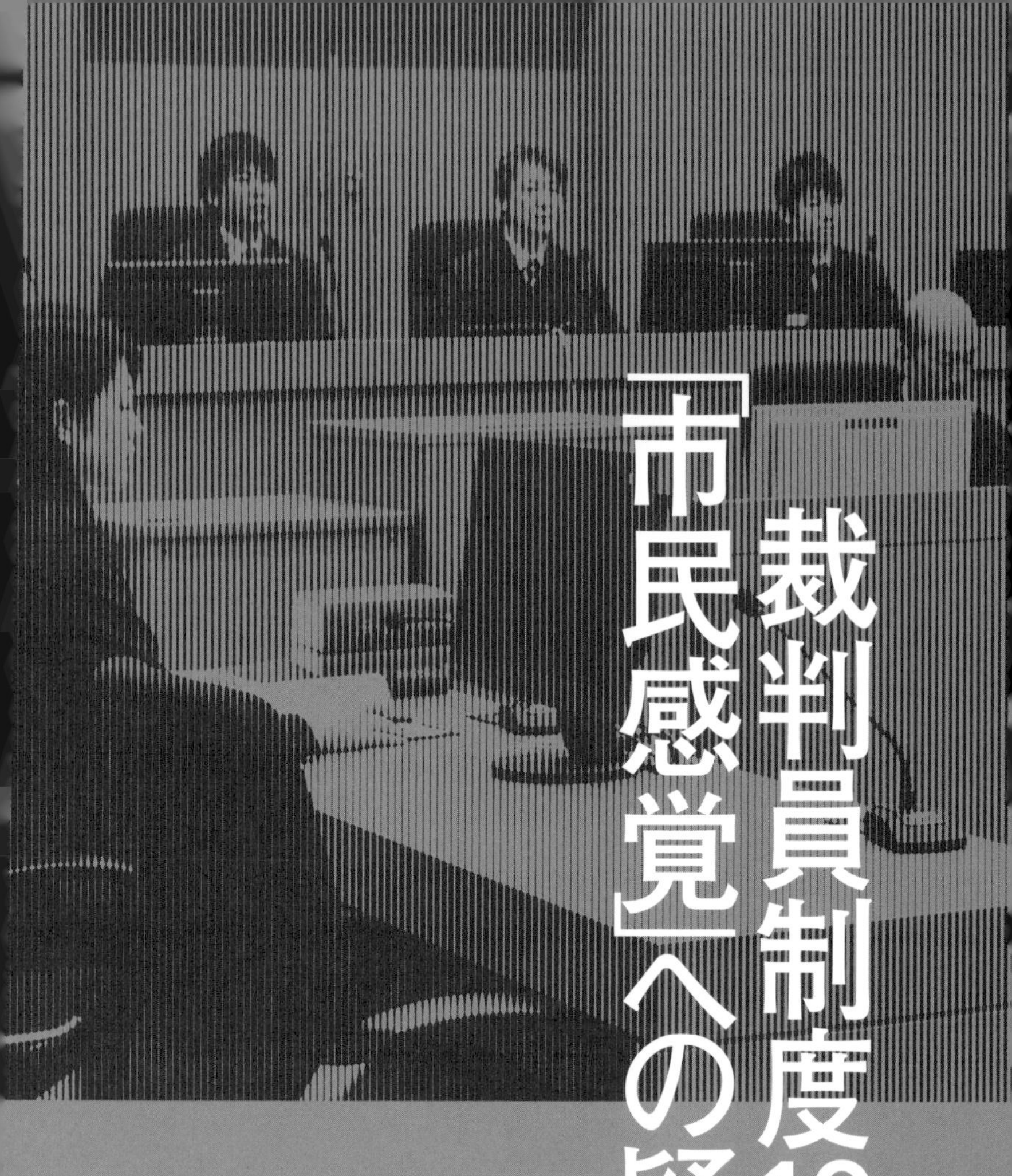

裁判員制度10年 「市民感覚」への疑念

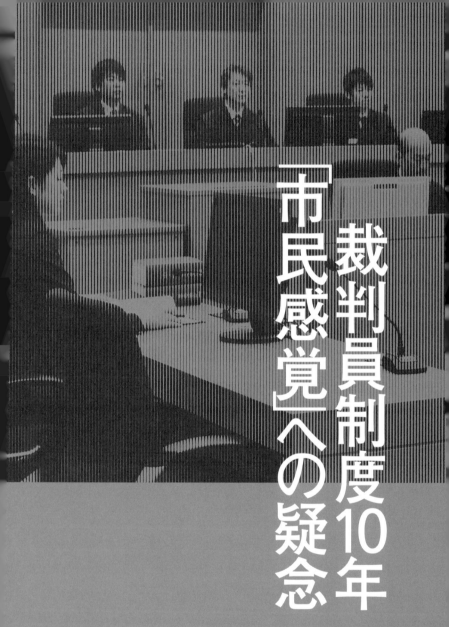

5月20日、新聞各紙はそろって「裁判員制度10年」を伝えたが、正直に言えば、同制度はいつの間にか私たちの日々の関心事からすっかり遠のき、これまでに裁判員となった人が補充を含めて約9万人、裁かれた被告が1万2000人といった数字もいま一つピンとこない。残念ながら、いまだ裁判員候補になったこともない一市民の実感は、こんなものである。

裁判員裁判については昨年、初公判から判決まで207日という事例が話題になり、制度開始の当初は数日と言われていた裁判員の拘束期間が、場合によってはここまで拡大されている現状に驚きもした。しかも、全70回もの公判に出席することのできる裁判員は、かなり限られた職域や限られた年代の市民でもあろう。このときは候補者501人のうち、421人が辞退したと報じられている。

裁判員の候補者は無作為に抽出されるが、この10年で裁判の長期化が進んだこともあり、昨年の辞退者は67%に上った。実際、働き盛りの現役世代や子育て世代の参加はハードルが高く、高齢者は判断能力に衰えのある人もいる。また、せっかく大きな犠牲を払って参加しても、厳しい守秘義務の精神的負担は重く、裁判員の経験を社会で共有するすべもない。

いやそれ以前に、「市民感覚を取り入れる」と謳われた裁判員裁判だが、いったい市民感覚と裁判は馴染むものなのか。

裁判員制度の導入前、日本の司法では、検察があらゆる証拠を握って厖大《ぼうだい》な調書をつくり、それを裁判官が隅々まで読み込んだ後に公判が開かれていた。そこまでですでに相当な時間がかかる上に、この国独特の「精密司法」では事件の核心ではない細部の枝葉まで掘り起こすため、さらに時間が費やされ、裁判は長期化する。

1999年に始まった司法制度改革の一環として、一般市民から乖離《かいり》したこの長大な調書裁判を改め、裁判を市民に身近なものにするためとして導入されたのが裁判員制度だった。また、さまざまな制度改革も同時に行われたが、たとえば裁判の迅速化のために、あらかじめ争点や証拠を整理する公判前整理手続きの導入は、それまで不十分な証拠開示しか得られなかった弁護士に大きなメリットがあった。さらに検察と裁判所は、人的基盤の整備を名目に検察官と裁判官の増員を勝ち取ったし、紆余曲折《うよきょくせつ》を経て取調べの可視化が進んだのも、裁判員制度の果実ではある。

さてそれでは、刑事裁判が身近になって、私たち市民は何を得たのか。選ばれれば出廷しなければならないと法律で定められているので、数日のことなら従いはするが、それにしても自分が人を裁くなんて――。何よりも、これが大半の市民の本音だろう。とくに、一市民がいきなり人を裁くことの当否は、制度設計の時点でまともに議論された形跡もない。

そもそも人が人を裁くことの根源的な困難を社会制度的に解決するために、裁判官という職業はある。裁判官は市民が持ち得ない厖大な法体系の知識と経験を根拠にして、人を裁くための心証を固め、その責務を独占的に担う。だとすれば、裁判官という職務はもとより市民感覚で代替したり補完したりしてよいものではない、ということになろう。仮に私たち市民がどんなに正確に事件の詳細を理解しても、有罪・無罪を決することとは別の次元の話なのだ。

裁判員となった一市民が、苦悩の末に死刑判決を下す。当否以前に、これは市民感覚の名を借りた司法の自己否定だと個人的には思う。時代に合わせてときどきの市民感覚を尊重するのであれば、まず刑法のほうを改定するのが筋だし、裁判の分かりやすさも、真実の究明の成否とは関係がない。

法曹界には、本制度によって当事者主義の原則に戻ったと歓迎する声が多いが、仮にそうだとしても、裁判の存在理由である公共の利益の実現という目的は、どう確保されているというのだろうか。

2019・6・16

国の再設計怠り「自己責任論」の不実

来夏に迫った東京オリンピックの観戦チケットの抽選予約は、期限が半日延長される大盛況だったが、富裕層はいざ知らず、家族のために数万、数十万円と注ぎ込んだ国民の多くは、必死に家計をやり繰りしての大散財だったことだろう。いや、折しも毎月勤労統計の速報値で、3月の実質賃金が前年同月比2・5％減となったところだが、この国の平均世帯年収の分布状況を考えると、うちはとても無理、という人のほうが圧倒的に多いかもしれない。

5月22日に金融庁の金融審議会がまとめた「高齢社会における資産形成・管理」報告書案なるものがある。内容を要約すると、少子高齢化で将来的に公的年金の水準の低下が見込まれる以上、余裕のある老後のためには現役時代から個々に資産形成に努め、不足分を補うことが求められる云々。具体的には、夫65歳以上、妻60歳以上、無職の夫婦二人の標準世帯で月に約5万円が不足し、仮にあと30年生きるとして２０００万円が余分に必要になる、とのことだ。

公的年金の「１００年安心プラン」などいまや誰も信じていないとはいえ、国の約束した給付水準を、こうも堂々と否定する金融庁とは何様か。いや、それ以前に、証券会社ではあるまいし、現役時代から個々に老後に備えて資産形成せよとは、そもそもお上が国民に言うことだろうか。

将来に備えたくても、子どもの教育費や住宅ローンを抱えて貯金さえままならない現役世代の多いことや、就職氷河期に正規雇用の道から外れたまま中年を迎えている世代が数百万人の単位で存在することが、端《はな》から金融庁の眼中に入っていないのも、国の機関としては問題があろう。

金融広報中央委員会の「二人以上世帯」調査で2018年の40代の貯蓄状況を見ると、年収300万〜500万円未満世帯の貯蓄の中央値は、407万円。貯蓄ゼロが22・8%。年収300万円未満では貯蓄ゼロは43・1%になる。

また、貯蓄はしていても、このゼロ金利の下、現在の平均的な40代が20年後に2000万円の資産を築くのは容易ではない。そこでくだんの金融庁の報告書案は投資の活用を勧めるのだが、リーマン・ショック以降、資産運用は専門家たちにとっても難しいものになっており、低リスクの投資では、手数料を差し引いた利益は2%も出ればよいほうだろう。

一方、国が旗を振るNISA(少額投資非課税制度)や、iDeCo(個人型確定拠出年金)の場合、各種の優遇税制を計算に入れた実質利回りは高くなるが、商品によっては元本割れのリスクや、長期間の運用で嵩《かさ》んでゆく信託報酬のコストの問題があり、素人にとってハードルはけっして低くない。

現に、国による年金積立金の運用も、ときに数兆円単位の損失を出しているのだが、この事実が私たちに教えているのはむしろ、大切な虎の子の資金を軽々に投資信託や株式などへ注ぎ込んではならない、ということだろう。古今東西、投資は余剰資金でやるものであり、その意味では、国が国民の年金積立金を投資で運用していることのほうが異常なのだ。

政府の未来投資会議はこの5月、70歳まで就労する機会の確保に向けた法改正を打ち出し、年金支給開始年齢のさらなる引き上げの布石を打った。また月末には、厚生労働省が就職氷河期世代の支援策を取りまとめ、低収入のまま高齢になる世代を少しでも減らしたい意向を鮮明にした。

いずれも、少子高齢化と低成長で財政がもたなくなった国の窮余の策であるが、新たな生活設計を国民に求める前に、国には断じてやるべきことがある。すなわち、国民がみな当たり前に就労し、当たり前に公的年金や保険で暮らせる国家の再設計である。それがいよいよ難しくなったときには、最後の手段で年金の切り下げや行政サービスの縮小を考えざるを得ないが、とまれ、立ち直る努力を放棄して国民に自己責任を求めるのは、国家が終わるときである。

２０１９・６・23

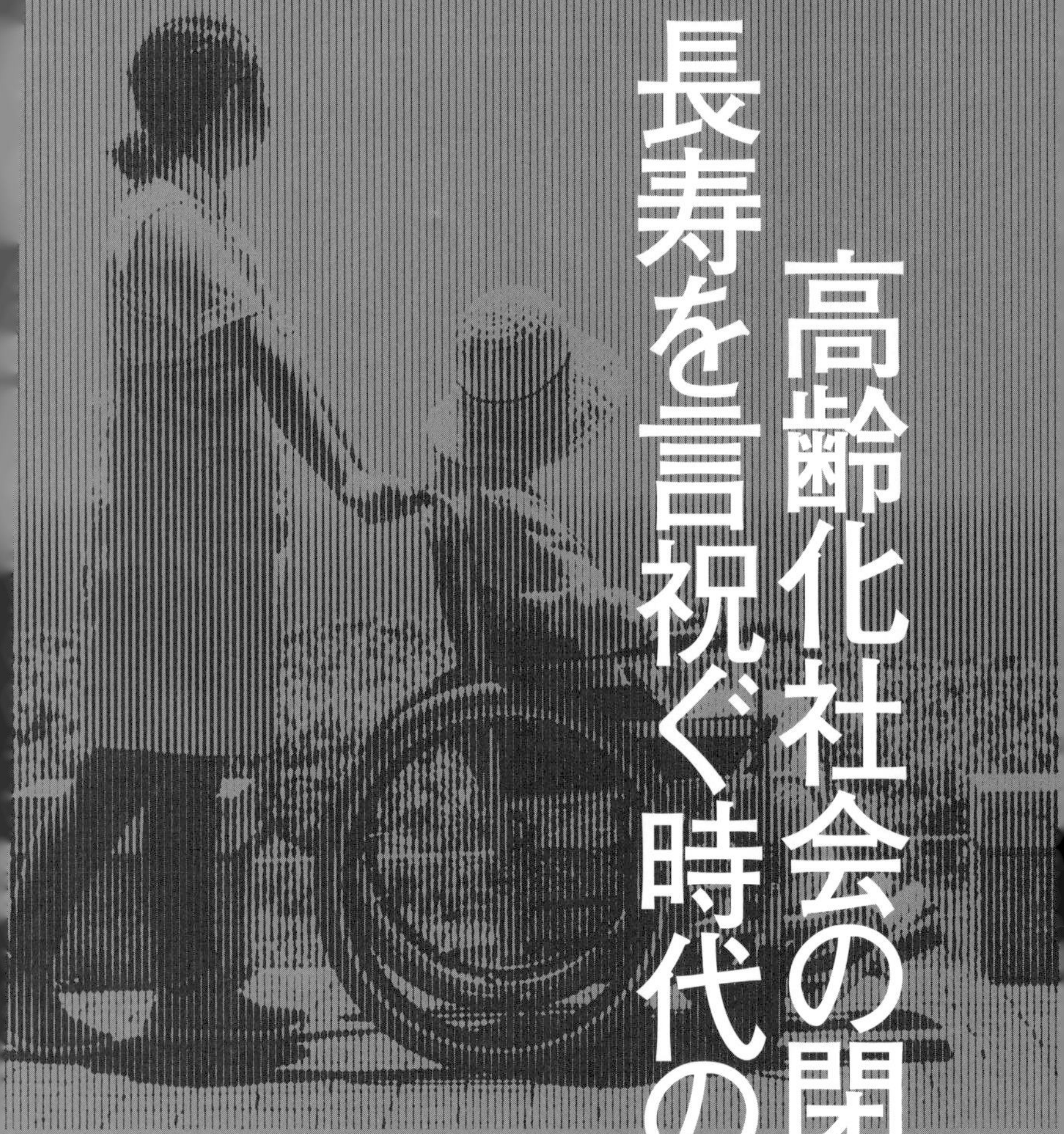

高齢化社会の閉塞感
長寿を言祝ぐ時代の終焉

あたかも高齢者受難の時節といった感がある。車を運転すれば高速道路を逆走したり、ブレーキとアクセルを踏み間違えたりして大事故を起こす。家では50代を迎えた子どもが80代の親の年金に頼って引きこもり、その子が事件を起こすか、親が子を手にかけるか、というところまで親子ともども追い詰められている。かと思えば特養老人ホームはどこも満杯で、老親の介護のために仕事をやめる働き盛りの息子や娘がおり、その老人ホームなどの介護の現場では、職員が日常的に過重なストレスを抱えて、しばしば入所者への虐待が問題になる。

こうして高齢者がさまざまなかたちで社会の重荷になっている現状に便乗したのだろうか、現行の年金制度はそもそも国民が100歳まで生きることを前提に設計していないとか、給付水準の切り下げはやむを得ないといった声が、政治家や金融の専門家たちから軽々に上がってくる。そして政府に至っては、70歳まで働け、である。

とはいえ冷静に眺めるなら、国民の4人に1人が65歳以上となった社会が、10人に1人だった80年代半ばと同じであるはずもない。高齢者人口の著しい増加がこの国の社会全般にさまざまな物理的変化をもたらしているいま、高齢者を取り巻く社会の眼そのものが変わってゆくのは避けられない。戦後長らく、私たち日本人はこの世界有数の長寿社会を手放しで言祝いできたが、それがいま根底から変わり始めているのである。

たとえば、高齢ドライバーに対する社会の視線はもとよりあまり優しくはなく、もみじマークは配慮の対象どころか迷惑な存在の象徴だったが、ここへ来て、高齢者が起こす事故の受け止め方は若者のそれより厳しくなっている。

今年4月、池袋で暴走した末に男女12人を死傷させた87歳の加害者などは、旧通産省の官僚だった大昔の経歴が報じられたとたん、エリートへのありがちな怨嗟《えんさ》が社会の怒りに火をつける恰好になった。事故の原因が何であれ、87歳という年齢で運転を続けていたこと自体、自身の衰えをわきまえない浅慮と言えるが、そうだとしても社会をあげてその人の経歴まであげつらうのは、弱者を狙った社会の憂さ晴らしである。

同じことは家庭内暴力を受けた末に44歳の引きこもりの息子を殺した76歳の父親が、たまたま農水省の元事務次官だったケースでも見られた。くだんの息子は、この3月の内閣府の発表で40〜64歳の引きこもり人口が61万3000人とされたなかの、ほんの一例にすぎないが、それでも親がたまたま元エリートであったために、ことさらに衆目を集める結果となった。

ともあれ、こうして私たちが眺めるのは堕《お》ちたエリートの老残であり、引きこもりの高齢化という、ほとんど手のほどこしようのない現実の厳しさであり、そういう自分もまた老いてゆく恐怖であり、ひいてはこの国で生きることの、圧倒的な行き詰まり感である。それらは行き場もなく高齢者全般へと投げ返され、また高齢者が――という世間の舌打ちになる。長寿がけっしてめでたいことではなくなりつつある社会がここにある。

もっとも、これが一つの文明の行き着いた姿だとすれば、私たちはこの高齢化社会をできるだけ穏やかに持続させる方法を、みんなで考えてゆく以外にない。一方で高齢者のほうも、社会と共生する方法を自ら考えながら生きるのは当然であり、さしずめ車の運転などは、都市生活者であれば真っ先に断念してもよいように思う。また、低い出生率を受容せざるを得ない社会では、長生きのあり方も問われる。持続可能な健康保険制度のことなど、高齢者自身が注視してゆくべきことは多い。

人はみな老いる。無為徒食となってなお、限られた社会資源を消費して粛々と生き永らえていることの意味は、高齢者自身がそれぞれ言葉にしてゆかなければならない。漫然と長寿に安住していられる時代は、たぶん終わったのだ。

2019・6・30

香港デモに思う
一票を投じることの意味

うまく国民の眼を盗んだつもりが、頭隠して尻隠さず。6月11日付の朝日新聞によれば、「パリ協定」に定められた地球温暖化対策の長期戦略案で、国は4月に決まっていた文案のなかの「核融合」の項目にこっそり加筆し、より踏み込んだ内容に変えていた由。トカマクだのヘリカルだの、長年研究が行われてきたことは知っているが、基礎的な技術すら確立していない核融合の推進など、温暖化対策と何の関係がある？　もんじゅの失敗に頬かむりして、こんな長期戦略案をG20で世界に発表するのは日本の恥でしかない。

とはいえ、褒められたものではない国の小さな企《たくら》みをこうしてメディアがすっぱ抜き、たまたまそれを眼に留めた一物書きが、またかと倦《う》んだため息をつく。これこそ民主主義社会の安穏の風景というものかもしれない。6月16日、香港で再び繰り広げられた大規模な市民デモの光景を見つめながら、そんなことを考えた。

香港市民が抗議しているのは、犯罪者の身柄を中国本土へ移送できるようにする「逃亡犯条例」の改正案である。なるほど、民主派の書籍を置いていた書店の関係者が相次いで中国当局に拘束されるような事例を見る限り、この改正案が可決されると「一国二制度」はいよいよ名ばかりとなって香港の自由は終わるかもしれない。彼らの危機感が日本人に十分理解できるとは思わないが、当局に逮捕される危険も覚悟で抗議の声を上げる200万人の市民の必死さが、5年前の「雨傘運動」のそれを超えているのもうなずける。

　雨傘運動のときは行政長官を民主的な選挙で選べるよう求める蜂起だったが、今回も、市民が求めているのは思想信条の自由という民主主義の基本の基本にすぎない。年々強大になってゆく中国の強硬な振る舞いに、香港の人びとは日々確実に追い詰められているのだろう。今回の市民デモが1989年6月の天安門事件のオマージュのようであるのも、けっして偶然ではない。

　30年前、民主化を求めて天安門広場に集まった学生たちは、中国共産党と政治闘争をしたのではないし、彼らには民主化のまとまった具体像もなかった。それよりむしろ、自由が抑圧されている社会で、ある日草が一斉に芽吹くようにして「人間」が目覚めた、ということだろう。その集団のエネルギーは厖大なものだったが、政治的意図をもたない彼らが、権力闘争のためには学生に戦車を差し向けることも辞さない共産党指導部に勝利するのはもとより難しく、敗北はあらかじめ運命づけられていたと言える。

　香港のデモも構造は同じである。中国にのみ込まれまいとする市民の闘いは、ひとまず条例案改正を延期に追い込んだが、天安門事件を経て一党独裁体制に自信を深めてきた中国は、国際社会の眼を気にしつつも、香港への圧力を緩めることはないだろう。

とまれ、私たち日本人は、中国という強大な共産主義国家の下で目覚めた香港市民の姿を、記憶のかたすみに焼き付けるぐらいのことはしてもよいと思う。返還から50年を待たずして「一国二制度」は有名無実化しており、こうした市民運動はこれが最後になるか、あるいは逆に催涙ガスやゴム弾ではすまない事態に発展するか、予断を許さないからである。

私たちは7月に参議院選挙を控えている。この国の民主主義はほとんど空気のようなものだが、とりあえず普通選挙があるだけでも、香港の人びとよりどれほど恵まれていることか。個々人が選挙に行きさえすれば、法治国家の基本ぐらいは守られるし、自由にものを言うこともできる社会は、香港から見れば天国だろう。

そう思うと、選挙に行かないのはバカである。支持する政党や政治家はなくとも、私たちはたとえば催涙ガスを浴びながら権力と対峙《たいじ》する代わりに一票を投じるのだ。これが選挙に行く一番の理由だと、今日気がついた。

２０１９・７・７

つくりだされる〝緊張〟
中東情勢の危うさ

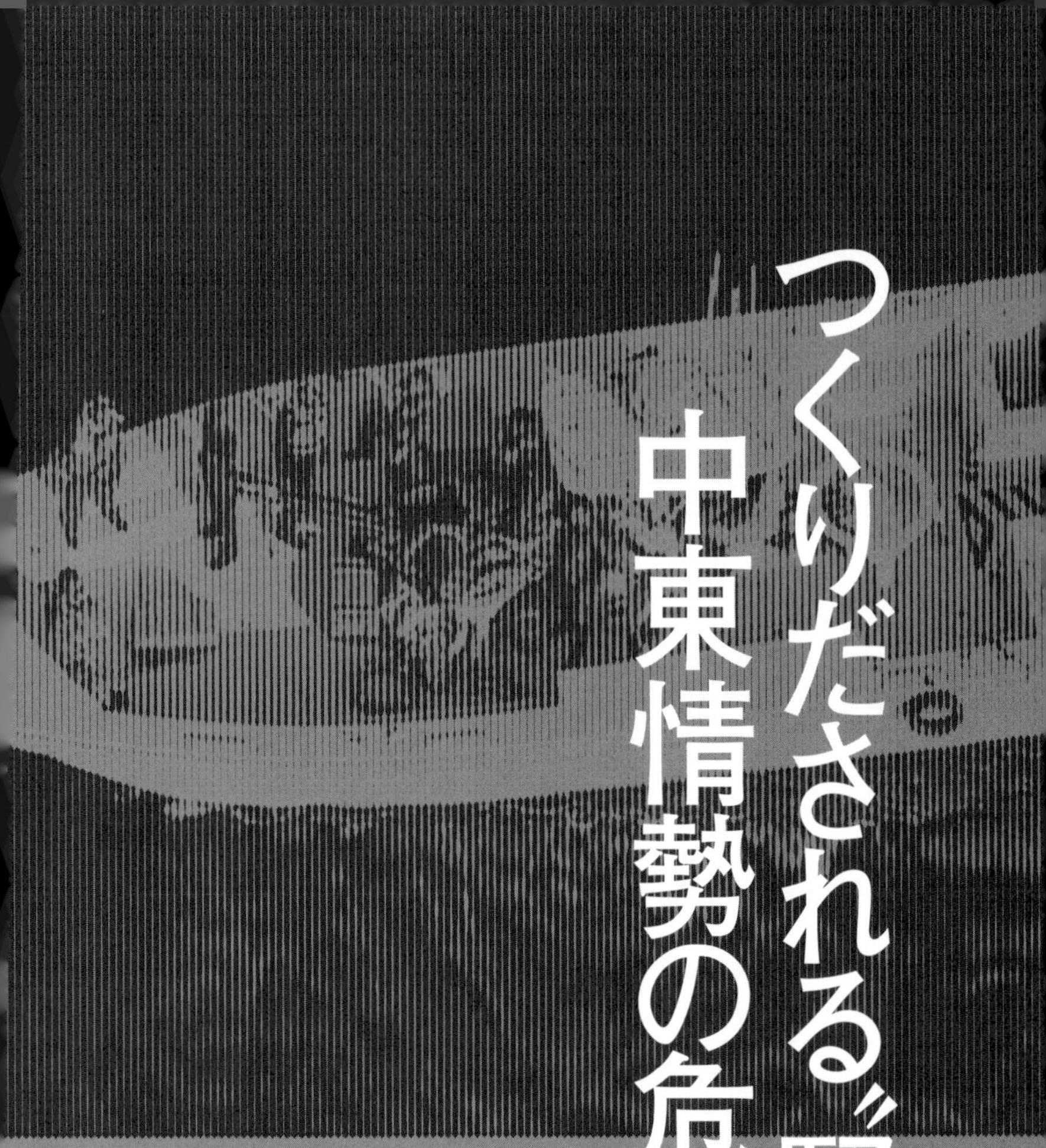

6月14日付の夕刊の一面を、何となく手元に置いてある。ホルムズ海峡で黒煙を上げる日本のタンカーの姿と、大リーグで日本人初のサイクルヒットを成し遂げた大谷翔平選手の雄姿がカラー写真になって並んでいる紙面に、いまという時代の掴みどころのない空気を感じたのかもしれない。

タンカー攻撃は、この海域でイランと対峙するアメリカが即座にイランの関与を断定したが証拠はなく、名指しされたイラン政府も直ちに関与を否定した。しかし正規軍ではない革命防衛隊が独断専行した可能性はあり、20日にはその革命防衛隊がアメリカの無人偵察機「グローバルホーク」を撃墜したとも報じられた。一般の感覚では、ほとんど戦争前夜である。

その一方で、実際には当事国のアメリカの大統領が、「報復攻撃の命令を10分前に取り消した」とSNSで気の抜けたツイートをしているにすぎない。一機100億円の偵察機を撃墜されたアメリカのこのノリの軽さ、もしくは腰の定まらなさはいったい何か。

小心な一生活者は、事件の速報にこれで日本とイランの友好関係も終わりか、すぐにもアメリカの軍事行動があるかと身も凍る思いがしたのだが、予想に反して日本を含めた関係国にも目立った動きはない。まさに日本のタンカーが攻撃を受けたその日に安倍首相がイランを訪問し、アメリカとの仲を取り持つべく最高指導者ハメネイ師らに会っていたのに、その結果について国会に報告もない。アメリカに会談内容を伝えたという報道もないので、特段の成果がなかったということだろうが、だとしてもこれは、日本として中東に向き合う基本姿勢すら表明せずに済ませてよい状況なのだろうか。

もとを正せば、この混迷はアメリカが一方的に核合意から離脱して、イランに不当な経済制裁をかけたことに始まる。そこには、イランの核開発能力を温存させるものだとして核合意に強硬に反対してきたイスラエルの影がちらついており、イスラエル寄りのトランプ政権が合意から離脱してみせたのは、大統領再選をかけた支持基盤固めだとも言われている。

してみれば、武力行使までは考えていないということだろうが、それにしても一国の大統領が、自らの選挙のために中東にちょっかいを出し、ディールと称して安直な脅しをかける。それを止める者がいないアメリカは、まさに危うい国以外の何ものでもない。片や欧米とは論理が異なるイスラム世界も、イスラエルの建国以降、テロや武力衝突は常態となっており、アメリカといえども簡単に手を出せる相手ではない。なかでもイランは、かつてのアメリカ大使館人質事件を見るまでもなく、実力行使と老獪《ろうかい》な裏交渉を巧みに使い分け、核開発の能力もある。この程度の挑発で武力衝突になることはないというアメリカの読みがほんとうに正しいか、誰にも分からない所以である。

　とまれ、こうして大国の都合で地域に戦争未満の気味悪い緊張状態がつくりだされるなか、たとえばホルムズ海峡を通過するタンカーが犠牲になり、世界の原油市場が影響を被る。本格的な武力衝突など起こらないと高を括《くく》って大国同士が挑発を繰り返す世界を、一般市民はただ注視することしかできないが、それでも為政者たちほど楽観的になれないのは、けっして無知のせいではあるまい。

　この小文の掲載誌の発売日には大阪のG20も終わっているが、せっかく主要国の首脳たちが一堂に会しても、その関心事は当面、主要議題である自由貿易の維持やそのための政策協調より、米中貿易摩擦と首脳会談の行方であり、イランとアメリカの物騒な駆け引きの行方だろう。

　大国が臆面もなくエゴをむき出しにし始めたいまの時代、それに振り回される周辺国が揃ってノーの声を上げる――そんな場としてのG20は夢のまた夢であり、世界も日本も、ただただ火の粉を被《かぶ》るまいとして息を殺している。

２０１９・７・14

地球環境への感性
欧米と日本の温度差

恥ずかしながら、巻のレジ袋廃止の動きを、私は長く省資源化の話だと思い込んでいた。その後、欧米で使い捨てストローがやり玉に挙がったときに、ようやくプラスチックごみの海洋汚染が問題になっていることを知ったが、それでもまだ、魚や海鳥の胃からプラスチック製品が出てくるといった自然保護の観点で語られる分野という認識だったし、２０１７年以降、Ｇ20の主要議題になっていることにもあまり関心がなかった。日々エコバッグは使っていても、私のようにこの問題を身近に捉えてこなかった日本人は意外に多いのではないかと思う。

Ｇ20大阪サミットに合わせて議長国の日本がまとめた「海洋プラスチックごみ対策アクションプラン」も、プラスチック廃棄物の回収・処理の強化、海洋への流出防止、流出した廃棄物の回収、使い捨てプラスチック容器の使用の抑制、代替素材の開発などなど、どれも数値目標も入っていない腰の引け方である。世界的な関心の高さのわりに日本の取り組みが鈍いのは、温室効果ガス削減の長期計画案と同じく、アパレル業界をはじめとしてプラスチック製品を製造する産業界の利害が絡んでいるためだと言われている。業界の負担が大きいプラ製品のリサイクルが進まないのも然り。数値目標どころか、対策の実効性そのものに疑問符がつく所以である。

しかし、産業界とは別に市民の意識を比べてみても、たとえばアメリカではすでに使い捨てプラスチック容器の多くが市場から消えてしまったのに、日本はなぜそういう動きにならないのだろう。海洋プラスチックごみに対する欧米と日本の、この意識の差はいったいどこから来るのだろうか。

くだんのアクションプランの最終段に「実態把握・科学的知見の集積」なる項目がある。そこにはプラスチックごみの排出量・排出源・排出経路などの調査とその結果に基づいた推計の実施、マイクロプラスチックを含む海洋プラスチックごみの分布実態を効率的に把握する手法の開発、海洋気象観測船による目視観測などとあるのだが、要はプラスチックごみの国別の排出量も、現時点では正確に分かっていないということである。これにはちょっと驚かされる。

しかも、そうだとすれば、2016年のダボス会議で発表されたセンセーショナルな試算――このままゆけば2050年の海洋中のプラスチックの総重量は魚のそれを超えるというのは、一種のアレゴリー（寓意《ぐうい》）だったということか。

とまれ、確たるデータはなくとも欧米の社会は動く。世界で年間3億8000万トンも生産されるプラスチックがやがて廃棄物となって招くだろう将来の危機を想像し、速やかに製造自体の削減に動くのである。そういう欧米の市民はある意味とても教条的だが、それでも政治や産業界が市民の声に敏感に反応するのが、日本ともっとも違う点である。

一方、日本の社会は欧米と違って、確たるデータがないことを理由に動かない。この問題についてはデータ不足を言い訳にしているふしもあるが、いずれにしても地球環境に対する感受性のありようが日本と欧米で異なる例を、私たちはまた一つ見ているのかもしれない。折しも日本はこの6月末、国際捕鯨委員会（ＩＷＣ）から正式に脱退したところである。

もっとも、海に囲まれ、海と共生してきた日本には日本の自然観があると言っても、それが海の環境に優しいものかどうかは分からない。一方、欧米が突き進むプラスチック製品の製造禁止と代替製品の製造が、最終的に環境面でどのように釣り合うのかも、同様に分からない。

結局これは、いまのところ地球温暖化に背を向けながら２０５０年の海を想ったり、核兵器を製造しながら地球の持続可能性を唱えたりする人間の、矛盾に満ちた理性のあがきの一つだと言うほかはないが、あがきもしないのは間違いなく愚者である。

２０１９・７・21

岐路の財政、外交
「争点は憲法」という無責任

7月4日に参議院選挙が公示され、日本列島は昨日まで山と積み上がっていた内外の課題が見事に吹き飛んで、選挙という名の祭りの始まりである。国政選挙を茶化す気はないが、国会の圧倒的多数を握る強大な政権与党が、年金制度や日米関係の行く末ではなく、国民の関心事からもっとも遠い憲法改正を争点に掲げていること一つを取っても、緊張感のなさが透けて見えるというものである。

与党はいまや議席の多少の増減など痛くも痒《かゆ》くもなく、野党もまた死に物狂いで議席を獲得する気迫に欠け、候補者は候補者で、少しでも有利な条件を求めて臆面もなく離党や復党に奔走する。そんな彼らの目に、いったいこの国の何が映っているのか、想像するだけでも恐ろしくなる。

一方、有権者のほうはどうか。安倍政権の6年半を冷静に振り返るとき、最大の問題は、何といっても民主主義政治の規範意識と、国としての財政規律が失われたことだろう。とくにアベノミクスによって、この政権は危機的なまでに赤字国債を積み上げながら、国民生活には何の益ももたらさず、将来不安と少子高齢化を加速させただけなのだが、おおむね5割から4割の間で保たれている内閣支持率を見る限り、有権者の半数は私とは違う風景を見ているのかもしれない。なかでも若年層や30~40代男性にはこの国の現状が「安定」に見えており、むしろ変化を望んでいないというのが、各種世論調査の結果だからである。

しかし、多くの有権者の目に映っている「安定」は、ほんとうに「安定」なのだろうか。給与所得はいっこうに増えず、消費も増えず、企業の生産は低調のまま、諸外国との比較で年々貧しくなってゆく私たちは、安定どころか、むしろゆるやかな低落、あるいは崩壊の過程にあるのではないか。

一つの社会がいよいよ制度疲労を起こすとき、これまでとは明らかに違う挙動や現象が各所で見られるようになるが、たとえば7月1日に日本政府が突如発表した韓国への半導体材料の輸出規制措置はその一つだろう。G20大阪サミットの議長国として自由貿易の維持を謳った、その舌の根の乾かぬうちに、日本政府はまたなんと無様《ぶざま》なことをしたものか。

輸出管理に名を借りた隣国へのこの露骨な嫌がらせは、この国に十分な底力があった時代なら間違いなく自制されたはずである。またたとえば、自国に不利とあらば二国間の合意も多国間の枠組みも一方的に破棄してはばからないアメリカの自国第一主義も、その内実は、科学技術・軍事・経済などあらゆる分野で中国に追い上げられ、絶対的優位を失いつつある大国の焦りであろう。

そして、韓国の反日外交に経済制裁で意趣返しする日本はもちろん、その日本の植民地時代の歴史を内外に向けて増幅し続ける韓国も、ともにめざましい経済成長が過ぎたあとの長い停滞を生きている。このように、私たちが見ているのは、まさにそここで往年の余裕を失った民主主義社会の政治の姿であり、世界のどこを見ても安定とはほど遠い危うさに満ちていると言うほかはない。

リーマン・ショックから11年の今夏、世界経済は米中貿易摩擦の激化で薄氷を踏む状況が続く。5G以外に大きな稼ぎ頭もなく、先進国は金融緩和がほとんど効かない根源的な景気低迷に苦しみ、アメリカと中国は潜在的なバブルの危険を孕みながら、そろそろどこかで金融市場の崩壊の引き金が引かれるのではと、いまこの瞬間も世界じゅうが息を殺している。

そんな夏にたまたま巡ってきた国政選挙は、この国に残された数少ない選択肢を選ぶという意味で、いつにもまして大事な機会になる。現に、財政再建は必須の課題ではあるが、景気悪化に直結する消費増税はほんとうにこの秋でよいのか？　世界経済がこれほどきな臭いときに憲法改正だの、対韓輸出規制だの、政権としてあまりに無責任ではないか？

2019・7・28

III

「ハンセン病」判決
嘘と不実の政権対応

前回、私は参院選の公示を「祭りの始まり」と書いたが、いざ幕が上がってみれば、公示の翌日には早くも全国紙各紙が「自公で過半数の勢い」と書くほどの盛り上がりの無さである。

この無風状態を見る限り、有権者の多くは、いろいろあっても結果的に消費税の増税もOK、年金制度もOK、憲法改正もOK、さらには最終的に日本が世界貿易機関(WTO)の協定違反に問われる可能性が高い半導体材料の対韓輸出規制もOK、イランとの核合意から勝手に離脱してホルムズ海峡の危機をつくりだしたアメリカへのお追従もOK、ということになろうか。

しかしこの長期政権は、こんな顔ももっている。去る6月28日、熊本地裁におけるハンセン病家族国家賠償請求訴訟で、原告勝訴の判決が言い渡された。ハンセン病患者に対する隔離政策の違憲性は2001年、同じく熊本地裁で認められ、元患者への謝罪と補償が行われているが、今回の判決はこの隔離政策が差別の構造をつくったとして、国の責任を明確に認め、激しい差別を受けてきた患者家族に救済の道を開くことになった。

しかも、判決は「国」という抽象的な主体からさらに踏み込み、誤った隔離政策の所管大臣である旧厚生相と厚生労働相、偏見差別を除去する義務に反した法務相、旧文部相と文部科学相、さらには隔離規定を廃止しなかった国会議員を違法としたのである。

本判決が歴史に残るのは、こうして責任の主体を明確にしたことであり、私のような一市民でも思わず判決骨子を二度見したほどだった。

さて、これを受けて国はどうしたか。7月12日、参院選への影響を考慮した首相が控訴断念を決定し、原告に対するお詫びの談話を発表する一方、政府は政府で、本判決は法律上受け入れがたい問題点があるとする「政府声明」を出したのである。まさに右手で握手をしながら、左手で拳を振り上げるようなものである。

首相談話を見ると、前段で内閣総理大臣の「私」は筆舌に尽くしがたいハンセン病の歴史に思いを致し、あえて控訴を行わない決定をした、とある。ところが後段で「政府としては」早期に解決を図るため、本判決についての政府の立場を明らかにする政府声明を発表して、控訴を行わないこととした、というのである。この二重の主語も、お詫びの傍らに不服を並べる話法も、それだけできわめて不誠実と言うほかはない。

一方、政府声明が受け入れがたいとしているのは、所管大臣らや国会議員の違法性と、損害賠償請求の時効をいつからとするかという起算点の解釈である。これでは本判決の全面否定に近いが、そもそも控訴の断念とは、すなわち判決内容を受け入れるということである以上、こんな反論の声明を出す前に、控訴するのが筋である。またもちろん、当たり前のことながら、正反対の内容をもつ首相談話と政府声明は、どちらかが嘘でなければ並立しない。

歯の浮くような首相談話の一語一語にどんな親身も感じられないのは、たまたま私が熊本県合志《こうし》市の国立療養所菊池恵楓《きくちけいふう》園を訪ねたことがあるからかもしれない。らい予防法が廃止されて20年以上経《た》っていても、筆舌に尽くしがたいという日本語はまさに、この場所と元患者たちのためにあるのだと知ったし、人間であることの苦しみに声も出なかった、あの寂寥《せきりょう》感は一生忘れられない。

謝罪もお詫びも、誰かが責任を取ることで初めて成立する。くだんの政府声明が否定するのは、まさにその責任の所在であり、大臣らにも国会議員にも責任はないというのは、すなわち謝罪しないということにほかならない。そう、首相談話の謝罪は嘘、政府声明が本音ということである。

不当な隔離政策を推進した者や適切に是正しなかった者が、誰一人責任を問われないのは、およそ法治国家ではない。政権の、こんな嘘や不実もあなたはOKか。

2019・8・4

官邸を忖度する警察
根腐れゆく自由

第25回参議院議員選挙は、無風の果てに50%を切る低投票率と与党の勝利で終わった。現政権下で失われた財政規律や日米同盟の変容、日韓関係の破綻、そして憲法改正に向けた動きなどを、有権者はそのまま信任した恰好である。

しかしその足元で、戦後長らく経験したことのない事態が起きていたことのほうが、私たちにとってはるかに重要だろう。選挙期間中の7月15日に札幌で、18日には大津で、安倍首相の応援演説中に「安倍やめろ」と野次を飛ばすなどした市民が、その場で直ちに警備の警官に取り囲まれ、腕を掴まれるなどして会場の外へ連れ出されたと報じられたのがそれである。

官邸が聴衆の野次を警戒して首相の遊説日程を非公表にし、その意向を忖度した警察が、政権に抗議する市民を実力で排除する。いったい戦前に戻ったのかと錯覚する、こうした警察の暴力が現実になろうとは、にわかには信じ難いほどである。しかも事態をメディアに指摘された官邸は、それがどうしたと言わんばかりで真相を糺《ただ》す姿勢も見せない。こんな異様な光景が、いつの間にか私たちの日常に鎮座していたのである。

また一市民としては、首相の街頭演説の場がこうしてつねに制服・私服の公安警察の監視下に置かれていることも、今回あらためて思い知らされた恰好ではある。札幌と大津の事例を見る限り、政府の政策に異議を申し立てる一般市民が、それだけのことで法的根拠もなく要注意人物として監視対象となり、何かあれば恣意的に身柄を拘束されるような社会まで、あと一歩である。

かくして時代はついにここまで来たかと嘆息しながら、いまさらながらに「自由」について考えた。六十余年の私の人生はいわゆる政治的活動とは無縁のもので、公権力に弾圧されたこともなく、幸か不幸か、己《おの》が精神の自由について真に危機感を抱いたことは一度もなかったが、ほんとうのことを言えば、いかなる政治信条にも与《くみ》しないというのは、臆病な物書きのきれいごとでしかない。

現に、指一本動かさない物書きの不作為をよそに、近年はふつうの学生や主婦たちが国会前で声を上げ、政治に立ち向かうようになって久しい。かつての天安門や最近の香港の人びとがそうであるように、人間らしく生きるための自由は、そうして声を上げる市民によってのみ、広く意識化される。そして、いつの世も権力はそういう市井の声を一番恐れ、弾圧してきたのだが、札幌と大津の事例もまさにそれに当たる。

世界で爆発的に増殖し続ける監視カメラと顔認証システムの進化は、群衆のなかからピンポイントで人物を特定することを可能にした。公共の治安維持の名の下、それはすでに前段のような首相の応援演説の場などで活用され、ＡＩが挙動や発言内容から要注意人物を指定して、本人の知らないところで監視対象が作り出されているのかもしれない。くだんの2件の事例では、騒ぎが起こってから警察が動いたのではなく、あらかじめ特定の人物に狙いを定めていたふしもあると言われている。

とまれ、参院選の結果を見る限り、こうしたあからさまな権力の増長に眉をひそめる国民も、いまや少数派になったということだろう。社会の変質とは実にこういうことなのだが、そうだとすれば、なにかと物議をかもしている暗号資産「リブラ」もいいかもしれない、と突如思い至った。

リブラの発行に世界各国が抵抗しているのは、要は中央銀行が握ってきた通貨発行の権益を揺るがすデジタル通貨になり得るからだが、ブロックチェーン技術により、リブラはテロ資金や麻薬売買などの資金洗浄も可能にする。ならば、不謹慎な逆説ではあるが、利用履歴を国家に捕捉されない徹底したその匿名性は、さしものＡＩも手を出せない「自由」の領域とは言えまいか。個人の自由は、まさしく権力に抗って手にする時代になってゆくのかもしれない。

２０１９・８・11

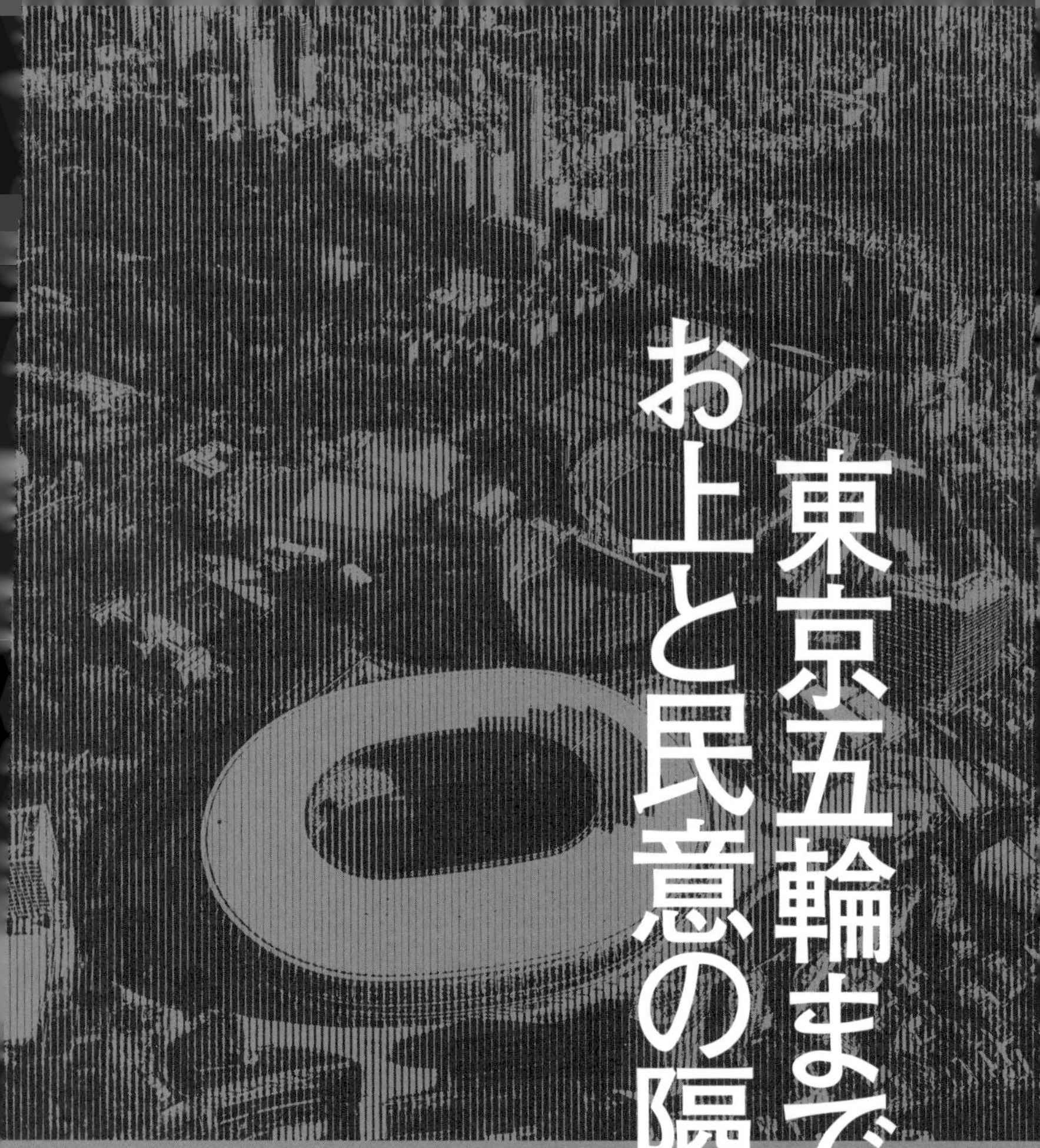

東京五輪まで1年
お上と民意の隔たり

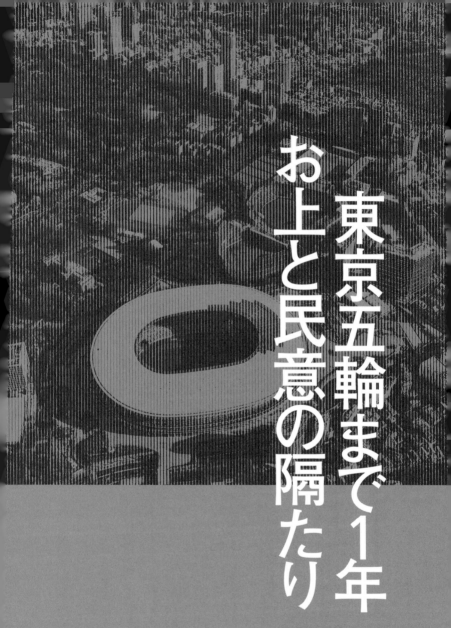

東京オリンピック・パラリンピックまで一年。新国立競技場をはじめ、完成間近の新施設やメダルが期待される競技の紹介、一部自治体で導入されたオリパラ教育、本番に向けた暑さ対策や交通規制の実験などなど、メディアが一斉に特集し始めたのは、官製のプロモーションだろうか。

私の周辺に観戦チケットを買った知人もいないが、聞けば期間中の都心のホテルはどこもすでに空きがなく、仮に空きがあってもオリンピック価格で高騰は必至とか。それだけではなく、会場周辺の公共交通機関は殺人的な混雑となるようだし、交通規制で物流は滞り、企業が進めるテレワークにも限界があるとなれば、オリンピックを迎える東京の空気も歓迎一色とはいかないことだろう。

地方はどうか。オリンピックによって東京一極集中がいよいよ加速するなか、地方も工夫をこらした便乗企画やインバウンドに向けた取り組みを進めているが、その多くが目立った経済波及効果はないと言われている。市民レベルでも、たとえば聖火リレーの公式スポンサーが起用した女優さんの笑顔をテレビで観ない日がないわりには、市井の盛り上がりはいま一つだし、オリンピックに合わせた4Kテレビへの買い替えも、若い世代のテレビ離れが進んでいるいま、期待されたほどではない。

世紀の祭典にしては日本じゅうが盛り上がっているわけでもないこの状況は、個別に要因があるというより、まずは近代オリンピックという祭典のかたちが、幾重にも時代とずれ始めていることの証しであろう。実際、開催国がどんなに国威発揚や経済効果を謳っても、いまやお上が笛を吹いて市民が踊る時代でもない。

しかも、スポーツで盛り上がるのはサッカーでもテニスでも陸上競技でも同じであり、アメリカの大リーグで活躍する日本人選手の話題が全国紙の一面を飾る昨今、オリンピックの価値の相対化が進むのは当然である。

また、私たちの関心が分散しているおかげで、このオリンピックが孕んできた種々の問題もまた薄れてしまい、ここまで来たら何はともあれ成功を、という空気につながっている現実もある。招致の裏で支払われたリベート、当初7000億円の予定だった予算が3兆円にまで膨らんでいる事実、はたまた新国立競技場をはじめ新しく整備された競技施設がどれも将来の利用の目途《めど》が立っていないこと、さらには一部の競技団体での強化選手に対するパワハラや、出場選手を決める選考基準のあいまいさなど、すべてなかったことになっているツケは、もちろん、後日私たちの足元に回ってくる。

オリンピックに水を差す意図はないが、高騰する開催費用や商業主義についての真摯な問題意識に背を向け、「レガシー」とやらのために政財界が壮大な事業を強行した結果がこうしたいくつもの不都合な事実だとすれば、たとえオリンピックといえども、民意とのずれはムベなるかなである。

近年、私たちはスポーツにますます刹那《せつな》の興奮と刺激を求めるようになり、オリンピックではそこに愛国心の高揚も加わる。メディアによる過大な演出は、スポーツとアスリートたちをさまざまに物語化し、私たちは観戦を通じてそれを消費するのだが、そうした物語とスポーツ本来の鍛錬や勝負の本質は別もののはずである。

情報化社会が再生産し続ける過剰な物語は、記録への際限のない欲望を煽《あお》り、欲望は身体の物理的限界を消し去る幻想を生み、禁止薬物やゲノム編集への誘惑を生み、アスリートの生身の心身との間にずれを生む。そうしてたとえば１００メートルを９秒台で走る超人たちのショーが繰り広げられるのだが、ここにスポーツそのものの危機はないだろうか。

そのときが来れば、誰しもそれなりに競技を楽しむにしても、開催国の国民として、一人一人がオリンピックの意味をあらためて考える一年にしなければと思う。

２０１９・８・18

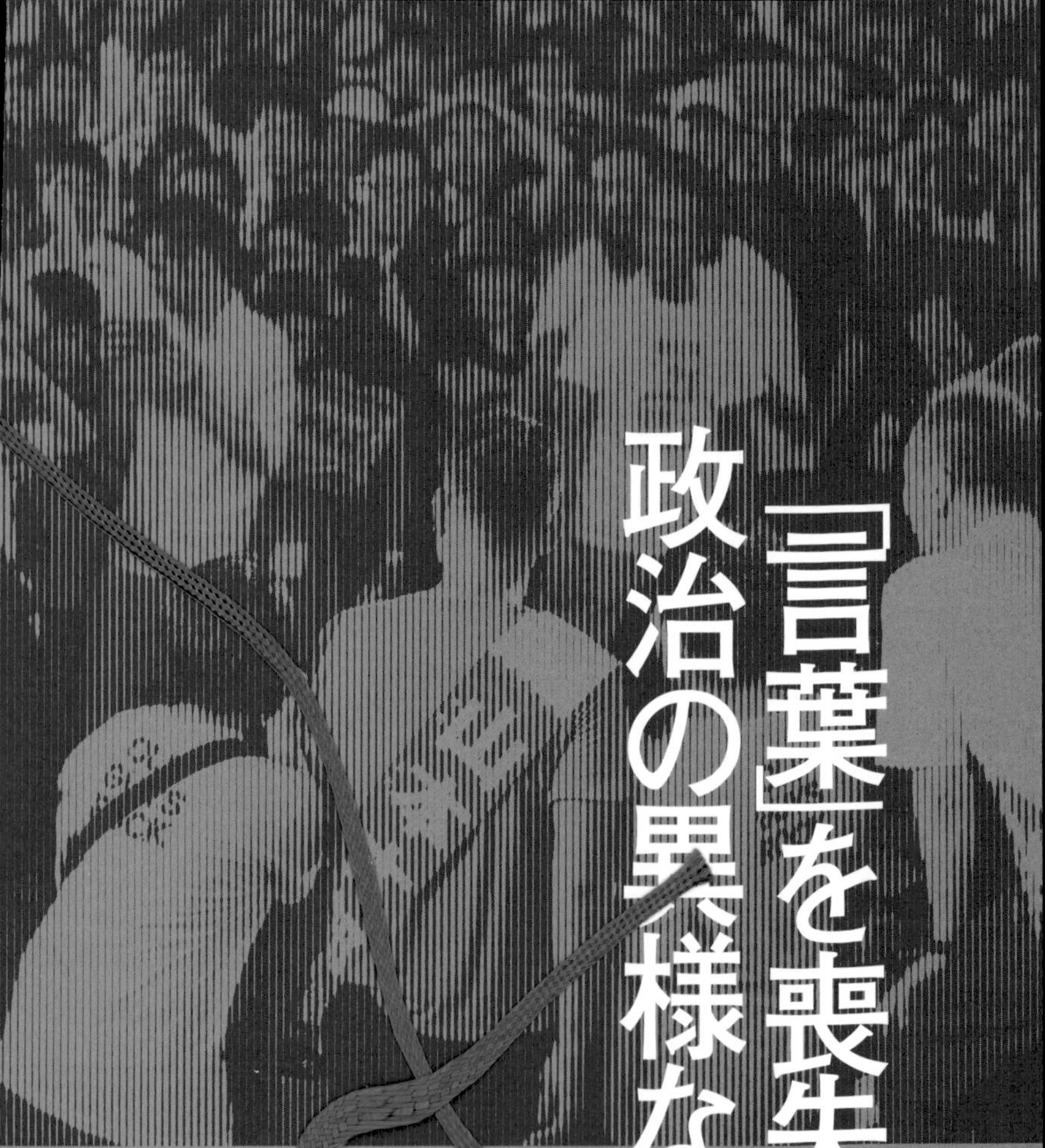

「言葉」を喪失した政治の異様な風景

8月1日、先の参院選で当選した議員たちの初登院の様子をテレビで眺めながら、有権者として幾つもの重い宿題を抱えた心地になった。たとえば臨時国会を何かのイベントと勘違いしているのか、一番乗りのテレビ映りを狙って早朝5時半から開門を待つ新人議員のはしゃぎっぷり。毎度の風景ながら、選挙で選ばれたという問答無用の事実を前に、有権者の多くは砂を嚙《か》む思いにもなろう。

あるいはまた、NHKをぶっ壊すというアジ一本で、比例区で98万票以上を獲得した「NHKから国民を守る党」の代表者。人を小ばかにした薄笑いを絶やさないこの意気軒高な人物の会派には、先に北方領土をめぐる不適切な発言で国会初の糾弾決議を受けた衆議院議員が早速合流し、一人当たり2430万円の政党助成金が交付されることになっている。

さらには、代表者の元俳優の、庶民のこころに直《じか》に訴えかける煽情《せんじょう》的な話術で、これも比例区でいきなり228万票を獲得し、特定枠で当選した「れいわ新選組」の重度身体障害者の2議員。障害者の国会進出はバリアフリー社会への画期的な一歩だとは思うが、両氏が障害者でなければ立候補も当選もなかったという意味では、国会議員になることの意味と特定枠の妥当性の2点について、有権者はあらためて問い直してみる必要があるという気がする。

とまれ、ひとたび当選すればその結果は絶対である、そういう選挙において私たちの一票は今回、目新しさや面白さに反応するSNSに大きく左右されたと言われている。長期政権で弛緩《しかん》した与党はとうの昔に言葉を捨て、旧態依然の野党の言葉はもはや見向きもされず、SNSで拡散される空気や感情が言葉の代わりに政治を動かす時代になったのである。

しかし、こうして政治の意味が拡張され、変質してゆくのだとしても、○○をぶっ壊すというレベルの言葉で内政や外交を語れるはずもなし。してみれば、この新しいタイプの政治家の登場が、当面この国の政治の停滞や空白につながる可能性は大と言うほかはないが、私たちは自らの投票行動が生みだしたこの帰結については完全に無力である。

そして、言葉をもたない政治は一昔前には考えられなかった暴走を始める。日本が韓国を貿易上の優遇措置である「ホワイト国」の指定から外して、ひたすら関係を悪化させている折も折、8月1日に開幕した国際芸術祭「あいちトリエンナーレ2019」の企画展「表現の不自由展・その後」では、慰安婦の少女像の展示をめぐって脅迫や抗議が相次ぎ、3日で中止に追い込まれる事態となった。

この企画展については、名古屋市長が「日本国民の心を踏みにじる」と横やりを入れたり、文部科学相が展示内容について「確認すべき点が見受けられる」と言ったり、官房長官が補助金交付について「事実関係を確認、精査して」云々と言ったり。政治が芸術の当否に堂々と口をだす、この異様な状況もある意味、選挙の結果であり、政治の風潮と呼応した一部の市民の暴走の結果である。

私は慰安婦の少女像を芸術として評価しないし、「表現の不自由展」という企画自体のメッセージ性も評価しないが、芸術祭に出品されることに問題があろうはずもない。抗議するのは自由だが、表現するのも自由。私たちはその程度の思慮も失ったのだろうか。

6日は広島原爆の日、9日は長崎原爆の日、そして15日は終戦記念日と、この国の8月は戦争の記憶一色である。とはいえSNSが選挙を動かし、選挙結果がSNSを動かす今日、310万人の犠牲者とアジアの戦禍を語り続けてきたこの国の言葉は、いまや風前の灯火《ともしび》である。北方領土を戦争で取り返すと言ったくだんの議員や、政治の〈せ〉の字もないNHK云々のアジテーターや、当面は障害者問題で手一杯だろう「れいわ」の2議員は、政治家としてどんな8月を過ごしているのだろう。

2019・9・1

「記録」を消す無恥
国民、歴史への裏切り

毎夏、8月15日は正午前にテレビをつけて全国戦没者追悼式の中継を観る。武道館の祭壇の様子は毎年ほぼ同じ。式次第も正午の黙祷《もくとう》も同じ。代替わりした天皇、皇后両陛下のお姿のほかに新味はないいつもの終戦記念日の風景に、知らぬ間にほっと一息ついているのは、いまやすっかり色褪《あ》せた戦後日本の平和の残り香が、そこにはあるからかもしれない。

しかしそれも、20世紀半ばに生まれた世代の話であり、戦争がはるかに遠くなった世代には、平和の感覚もまた遠いものであるほかはない。たとえば、いまでは平和学習で沖縄のひめゆり平和祈念資料館を訪れる子どもたちが皆、必ずしも戦争の意味を理解できるわけではなく、展示内容が「ピンと来ない」と正直に漏らす子どもが出てきているという。

現代に戦争の実相を伝えることの難しさは広島の原爆資料館も同様である。4月のリニューアルでは、これまで残酷すぎるといった声もあった被爆再現人形のジオラマの代わりに、実物の遺品に死者一人一人の人生を語らせることで原爆の悲惨さを伝える展示となった由。こうなると、結果的に想像力の働く方向が少し変わってしまうのではないかと個人的には危惧するが、戦後74年、私たちはいま、戦争を知らない世代が戦争を知らない世代に戦争の姿や意味を伝えることの限界、さらには伝える内容の恣意性という問題に直面しているのは確かである。

　振り返ればこの年まで、折々に数えきれないほどの戦争の記録フィルムを観てきた。毎夏のＮＨＫの特集番組を４、５本ずつ半世紀も観続けたら、それだけで２００本以上になるが、何の加工もされていないそれら記録フィルムの即物性は、戦後生まれの私が知ることのできた戦争の実相であり、私にとっての戦争の記憶である。

　その一方、映画好きの両親の影響で、幼いころから山ほど戦争映画も観てきたが、戦争に関する限り、そこから記録フィルム以上の何かを学んだという思いはない。どんなに優れた映画であっても、なにがしかの人間ドラマや映像美が生まれるところに、戦争の現実などあろうはずもない。原爆資料館の新しい展示で、遺品の物語性によって来館者に訴えかけるものが、必ずしも原爆そのものの姿ではないと思う所以である。

　とはいえ、戦争や原爆さえ個々人の物語に還元する情緒性は、そうしなければ誰にも届かない時代になったということだろう。かの東日本大震災が、最終的に被災地のさまざまな家族の物語や、再生と「絆」の感動に落とし込まれることで、かろうじて国民の記憶になっているのと同じである。

それでも、新たな資料が奇跡のように発掘されて、私たちの記憶を激しく揺さぶることがある。今夏のNHK特集では、これまで裁判記録以外にはないとされてきた二・二六事件の詳細な経緯を記録した海軍の極秘資料、1942年8月にガダルカナル島に投入された日本陸軍一木支隊の全滅の過程を分刻みで記したアメリカ側の戦闘記録、さらには終戦直後の昭和天皇の肉声を伝える初代宮内庁（就任時は宮内府）長官の『拝謁記』などの克明な内容が伝えられた。

私たちの胸を抉《えぐ》るのは、戦後74年にしてそれらの資料が明るみに出す史実だけではない。内閣や大本営の戦争指導者たちの近視眼と保身と無責任の姿は、いまに通じるこの国の伝統芸を見るかのようだが、そんな彼らでも、基本的に記録だけは残していたのだ。ひるがえって令和のいま、この国は後世に伝えるべき記録や公文書を次々に消し去って憚らない。折しも学校法人森友学園をめぐる財務省の公文書改ざん問題で、検察審査会の「不起訴不当」の議決にもかかわらず、大阪地検は再び起訴を見送ったところである。かくして国家ぐるみの犯罪が誰一人起訴もされずに葬られた今夏、私たちはまた一つ時代の記録を失って、この国の現代史はなお一層スカスカになってゆくのである。

2019・9・8

日韓、応酬の果て
対話拒絶の「絶望」

戦時中の徴用工への賠償をめぐる日韓の不毛な応酬の果てに、8月22日には韓国が日本との軍事情報包括保護協定（GSOMIA）まで破棄してみせ、先行きを甘く見ていた節のある日本は、虚をつかれて大騒ぎになっている。

そのあわてぶりを見るに、両国の対立がここへ来て防衛協力関係にまで及んだことの影響は、日本にとっても巷間《こうかん》言われているほど軽微ではなく、韓国の離反は日米安保を含む日本の安全保障や東アジアの安定を、それなりに毀損《きそん》するものなのだろう。

今後起こりうる軍事上のリバランスや、韓国文《ムン》政権の対北政策や中国とロシアの動きなど、一市民には推し量れないことも多いが、昨年来の徴用工問題からこのかたの出来事を眺めるに、日本人として考えることは二つある。

一つは、韓国という国家や国民に対する私たち日本人の国民感情の有りようである。歴史的に在日と縁の深い関西では、戦前にあった差別が戦後も根深く残り、そこに北朝鮮への帰国事業やその後の日本人拉致の顚末《てんまつ》、さらにはそれらと無関係ではありえない朝鮮総連という強面《こわもて》の存在が重なって、彼ら韓国・朝鮮人への私たちの感情は幾重にもねじれ続けてきた。

その一方、韓国併合の歴史は戦後の早い時期に日本人の記憶から消えてしまい、韓国のほうも光州事件を経て民主化が進んだ結果、気がつけば多くの日本人が韓流ブームに沸く時代になっていたのだが、歴史を忘れ、旧植民地の被害感情を忘れたのは、日本人だけだったのかもしれない。

もちろん、大きな歴史は忘れても差別の記憶はいまなおそこここに生き残っている。在日への時代錯誤のヘイトが顕在化したり、露骨な〈嫌韓〉がネットに溢《あふ》れたりする今日の空気は、現政権と親和性があることも手伝って、広く薄く私たちの足元に広がり続けている。かくいう私自身、韓国のあまりに執拗《しつよう》な反日の言説にはさすがに白々とならないでもない。

とはいえ、国益を抜きにした民族の和解などは、そもそも幻想なのではないだろうか。私たちが無邪気に美化しがちな〈友好〉は、戦争をしないための官民の枠組みの呼び名であって、基本的にそれ以上でも以下でもないのではないか。だからこそ国家間では、民族感情と経済や外交を冷徹に切り離すことができるのではないのか。

日本も韓国も、何があっても外交努力を続けるべき政府が真っ先に匙《さじ》を投げてみせるのは、ほとんど国家未満と言うほかはないが、しかし国家や政治の現実はこんなものなのかもしれない。これが二つ目に考えることである。

それぞれ政権の支持基盤の事情があり、根本的な能力不足からくる無策と状況の読み違いがあり、権力者の錯誤や短絡があり、それらが重なりあっていまに至っている日韓の姿は、暴走するアメリカと中国、ロシア、イギリスなどでもほぼ一緒ではないか。ひょっとしたら歴史上の戦争や政変などの大半は、こうした権力者たちによる無責任で場当たり的な政治判断の産物だったのかもしれない。

それでも過去には、最後に人間の良識が発動するための対話がもたれたケースも多々あったに違いないが、いまの世界はどうか。日韓双方が対話に必要な知恵や忍耐を欠き、盟主たるアメリカは仲介の労を惜しみ、国連の安保理は7月25日以降、制裁決議に反して7回もミサイル発射を繰り返している北朝鮮に対して、非公式の会合を一度開いたにすぎない。

こうして制裁決議を主導した当のアメリカが掌《てのひら》を返し、日本までがアメリカに追随して安保理を機能停止に陥らせているいま、対話を拒否した日韓の行き着く先が穏やかなものであるはずもない。折しも香港の市民デモも引くに引けないところまで来て、いつ中国による武力制圧があるか世界が危ぶんでいるのだが、個々に譲れない建前やメンツのために対話を拒絶する政治権力とは、市民にとってまさに絶望の別名である。

2019・9・15

「年金」を蝕む低賃金
黙する国民の不可解

市民と警察の激しい衝突の続く香港の中心街が、火炎瓶の炎と催涙ガスに包まれる光景をテレビで眺めながらこれを書いている。警察による民主活動家の拘束と大規模集会の禁止が火に油を注いだと報じられているが、逃亡犯条例の撤回や普通選挙といった個々の要求を超えて、自由を奪われまいとあがく香港市民の姿は、生存の根本にかかわる切実さである。

翻って日本。この8月27日、厚生労働省が5年に一度の公的年金の財政検証を2カ月遅れで公表した。その中身は予想通り抜き差しならないものとなっているが、参議院選前の「2000万円問題」が嘘のように市井の反応は鈍い。

検証では、年金財政を安定させるための「マクロ経済スライド」で支給水準を順次引き下げていった際の、年金額の見通しが年齢別に試算されている。平均収入で40年働いた会社員と専業主婦というモデルケースで、①プラスの経済成長と高齢者の労働参加が進むことを前提にした場合、もっとも控えめに見積もったケースでも、最終的な所得代替率は50・8%となって、ひとまず当初の国の約束通りとなる。また、②マイナスの経済成長と労働参加が進まない場合では、最大30%台まで下がる。

なお、①のケースは将来の物価上昇率1・2%、賃金上昇率1・1%として計算されているが、過去30年間の物価上昇率は平均0・5%である。また賃金上昇率も実際は

1％を切ることが多いし、年金の運用利回りが経済成長率をつねに1〜2％も上回る前提となっているのも不自然で、専門家の多くは後者の悪い数値のほうが現実に近いと指摘する。

この検証では、年金財政改善のために、厚生年金の適用対象者の拡大や基礎年金の加入期間の延長を想定した試算のほか、繰り下げ受給で個々に所得代替率を上げる試算も行われている。要は、年金財政を破綻させないために支給水準を機械的に抑制する一方、私たちに「自助」を促しているのだが、国民年金の加入者や就労年数が足りない低年金者などは端から枠外にあるのは言うまでもない。

それでも今回の検証からは二つのことが見えてくる。すなわち一つは、こうして必死に糊塗《こと》し続けても、永続的な少子高齢化の下での賦課方式には限界があることである。100年という単位で年金制度を見据えるなら、どこかで各自が自らの老後に備えて年金を積み立てる方式に変えるための議論を早急に始める必要がある。

また一つは、私たちの年金額がここまで危機に瀕《ひん》している要因の一つが賃金低迷にあるという事実である。8月29日付の東京新聞に載った経済協力開発機構（OECD）の統計によると、2018年の日本人の賃金は過去21年間に先進国のなかで唯一、8％のマイナスになっている由。ちなみにアメリカは81%増、イギリスは92%増である。もはや笑うしかないこの落差こそ、日本の企業が生産構造の転換を怠り、円安で見かけ上の利益をため込む一方、非正規雇用を拡大して人件費を抑制し続けてきた結果であり、この低賃金が年金財政を深く蝕《むしば》んでいるのである。

いや、こんな理屈もいまや詮無い。年金制度が持ちこたえても、私たちを待っているのは1カ月数万～十数万円で賄うほかない暮らしである。ここで考えるべきはたぶん、社会と生活全体の根本的なダウンサイジングだけであり、これこそが日本の〈いま〉なのだ。

8月30日に発表された内閣府の国民生活に関する世論調査では、政府が力を入れるべき政策について7年連続で医療・年金の整備が1位だったようだが、そのわりに生活不安を訴える市井の声がいっこうに大きくならないのはなぜか。

今回の財政検証はまさに個々の人生に直結する問題なのに、みんな何を楽観しているのか。香港と違って普通選挙が保証された社会に暮らしながら、何事もお上に丸投げで漫然と生きてきた末の将来不安にも目をつむって、みんなどこへ行こうというのか。

2019・9・22

旧態依然の災害対策
発想の転換こそ急務

今年の防災の日は、首相をはじめ閣僚らが作業服姿で防災訓練に臨む毎年恒例のニュース映像と、記録的大雨による大規模な浸水で泥田と化した九州北部の被災地の映像が並んだ。異常気象が日常となった時代、深刻な水害の惨状と十年一日の防災訓練と、政治家たちの鈍い面々をセットで眺めながら、思うところが多々あった。

前線や台風による大雨も、河川の氾濫やがけ崩れなどの土砂災害も、この国では毎年繰り返される自然の一部であるが、時間雨量が50ミリ、１００ミリといった豪雨が頻発する昨今、大規模な水害もまた日常になって久しい。

この10年を振り返っても、平成21（２００９）年7月中国・九州北部豪雨、23年紀伊半島豪雨、24年九州北部豪雨、25年台風26号、26年８月豪雨、27年９月関東・東北豪雨、28年台風10号、29年梅雨前線及び台風3号による大雨と暴風、30年7月の西日本豪雨、そして本年は7月の豪雨と8月末の九州北部の記録的大雨。死者・行方不明者は合わせて６１２人。家屋や道路、農作物などの被害は数知れない。

そしてそれら被災地では、仮に人的被害を免れても、住民は家屋や畑地や店舗の再建で大きな負債を抱える上に、へたをすると数年後にはまた同様の被害に遭うこともある。それでも、いまはまだ土地を離れる住民も限られているため、街の姿や暮らしぶりに大きな変化はなく、表面的には災害はそのつど克服されるのだが、そのために費やされる費用と時間と労力は、個人と自治体と国の体力を毎回確実に奪ってゆく。いったい私たちは、こんな毎年の災害にいつまで耐えられるのだろうか。

古来、地球は数百年単位で暑くなったり寒くなったりし、気候変動が一定程度を超えると、人は耕作地を移したり、生活様式を変えたりして適応し、生き永らえてきた。ひるがえって現代、私たちは大量の鉄やコンクリートを投入して気候変動に立ち向かう。とくに日本のような先進国では、技術的にも財政的にも災害からの復旧は必須である。しかも日本の場合、戦後の国策だった持ち家政策がつくりだしたマイホーム神話は絶大であり、生活の再建はすなわち家の再建を意味する。山が崩れ、自宅が全壊しても、私たちが土地にしがみつく所以である。

とはいえ、東日本大震災の被災地のように被害規模が一定程度を超えると復旧にも限界はあるし、毎年の水害からの復旧も、いずれ財政的に行き詰まる日が来るだろう。国や自治体の財政難と少子高齢化の下、インフラの復旧や個人の生活再建がいつか追いつかなくなることを誰もが予感しながら、そのことに目を逸らしているのが私たちの実情ではないか。

この国の防災・減災の柱である国土強靱《きょうじん》化基本法を見ても、私たちの国土と暮らしの捉え方は気候変動や人口動態に比して旧態依然なのは間違いない。来年度予算の概算要求でも5兆円が計上され、インフラの整備・拡充を中心にさまざまな重点項目が並ぶが、そこにあるのは現在の社会システムを維持する発想でしかない。

たとえば、生活再建の最大の難題である自宅が持ち家でなく、賃貸の公営住宅であれば私たちの負担は大きく軽減されるが、国も自治体も住宅政策の抜本的な転換を図る様子はない。そうして高齢化の進む地方の被災地では、やむなく再建を諦めて放置される一戸建てが増え始めているのである。

折しも8月末、兵庫県の瓦メーカーが総額約20億円の負債を抱えて地裁に自己破産を申請した。東日本大震災や熊本地震を契機に屋根瓦の需要が低迷したための倒産だが、これもこの国の住宅の未来を暗示しているのかもしれない。

思うに時間雨量100ミリの雨で街が水没し、風速60メートルの風が街路樹をなぎ倒す時代に、従来と同じような住宅や街を維持し続けるのは無理というものである。災害多発時代の防災には、国土やインフラを根本から見直す壮大な発想の転換が求められる。

2019・9・29

消費増税への疑義
法人減税の財源か

消費税がいよいよ10％になるというのに、市井には8％に上がった前回のような駆け込み需要の騒動もない。増税に伴う消費刺激策として鳴り物入りで導入されるキャッシュレス決済のポイント還元制度も、導入が簡単なQRコード決済アプリがいくつも乱立しているが、利便性ではクレジットカードや交通系ICカードに劣るためか、ポイント、ポイントと騒がれるわりには広がっていない。一方の事業者のほうも、報道によれば9月6日現在、約200万店の中小事業者の3割しか制度の申請を済ませていない由。

結局、今回の2％の増税幅は、消費者にとっても事業者にとっても悲鳴を上げるほどの打撃ではないということなのか。それとも、もともと悪い景気がさらに悪くなったところで――という諦めの境地なのか。一生活者としては、どこにも目立った増税反対の声がないことに拍子抜けする一方、この社会を覆う無気力や慢心にあらためて危機感を覚えないでもない。

思うに私たちは、消費税増税に当たって、どの〈Pay〉がお得かと情報誌を開いたりする前に、納税者として、消費税は国が言うとおり、ほんとうに社会保障の財源になっているのかを問うのが先ではないだろうか。たとえば2012年の「社会保障・税一体改革大綱」に明記された消費税の社会保障目的税化は、ほんとうにその通りになっているのか、否か。

というのも消費税は、法律上は目的税とされても、会計上は一般財源であり、所得税や法人税などと一緒に歳入に繰り込まれて国の財布になっているからである。実際、消費税で賄えるのは社会保障費の6割ほどであるため、不足分は一般財源から支出されている。とすれば消費税は、社会保障費の増大に備えるという名目ではあっても、実質的には伸び悩む所得税や法人税の減収を補い、さまざまな使途ができる財源になっているというのが真相ではないのか。

たとえば財務省の資料によれば、平成30年度予算では消費税増収分8・4兆円のうち、基礎年金国庫負担分や社会保障経費の増加分、既存の社会保障費の一部など、社会保障財源として約7兆円が支出されており、子育て支援など新たな社会保障充実のための支出は1・35兆円に留まる。これを別の角度から見れば、増収分の8割が既存の社会保障財源の安定化に使われた結果、その分だけ国の財布に余裕ができたとも言える。

では、そうして浮いた税収で国はこの30年間、何をしてきたか。消費税に反対の立場を取る専門家たちは、低成長や減税などによる法人税や所得税の減収分の累計額が、消費税収のそれを上回っていることから、消費税は結果的に減収分の穴埋め、さらに言えば法人税減税の財源に使われてきたに等しいとする。

個人的には、消費税は本来、経済成長期に導入すべき税であり、日本の場合、景気後退期の消費増税が決定的な不況を招いたと考えているが、この30年、減税とともに右肩下がりを続けている法人税収と、逆に右肩上がりとなっている消費税収の対比を見るに、消費税が結果的に法人税減税の財源になってきたとする見方は、一定程度当たっていると言うほかない。

思えばこの社会の閉塞感《へいそく》を生み出している低い生産性や競争力と、その結果の低賃金の元凶は、減税で甘やかされてきた日本経済であることに疑いはない。いまや企業の基本税率は23・2％にまで下がり、さらに租税特別措置で実際の税負担はもっと少なくなっているにもかかわらず、企業の多くは事業の革新を怠り、利益をため込むだけで社員に還元もせずにデフレを加速させているのである。

これが怠慢でないというのであれば、日本経済の再生に必要なのは減税ではなく種々の課税強化だと思う。そうして企業が社会に利益を還元し、個人の給与所得が改善して初めて社会は消費を回復し、そのときようやく消費税が本来の意味をもつのである。

２０１９・10・６

原発事故、東電判決
時代を見失った裁判所

東京電力福島第1原発の事故をめぐる私たちの記憶は、いまなお生々しい。しかし今秋、避難時に病院の入院患者ら44人が死亡した件で業務上過失致死傷罪に問われた旧経営陣3人に対する東京地裁の判決は、いずれも無罪だった。

こうした大事故を起こした企業について、日本には企業本体を処罰する法律がないため、代わりに個々の経営陣の刑事責任を問うことが繰り返されているが、有罪となるケースはほとんどない。今回も無罪判決は予《あらかじ》め予想されていたが、それでも一般に大きな驚きと失望をもって受け止められたのは、裁判官の原発の安全性の捉え方が、今日の社会通念と激しく乖離するものだったからだろう。

現に、新聞各紙が報じた判決の要旨に、一市民として覚えた違和感はいくつもある。まず、2002年に政府の地震調査研究推進本部が公表した「三陸沖北部から房総沖の海溝寄りでマグニチュード8・2前後の津波を伴う地震が30年以内に20%程度の確率で起きる」という〈長期評価〉は、東電でどのように受け止められたのか。

これについては、06年に原子力安全委員会が〈長期評価〉に応じた設計の見直しを求め、東電は08年から津波対策の検討を始めて、09年までには最大15・7メートルという詳細な津波予測の計算結果を得ていたが、被告らは再三報告を受けながら、対策を先送りしたまま11年3月を迎えた。

こうした経緯について判決は、「02年の〈長期評価〉は具体的根拠を欠き、内閣府からも疑問が示され、中央防災会議や地方自治体の防災計画にも採用されていないなど、客観的な信頼性がない。従って、これをもって被告らが対策の必要を認識するほど具体的に巨大津波の発生を予見できたとは言い難い」と断じた。

しかしながら、そもそも政府が公表した〈長期評価〉を、政府自らが「信頼度C」と判定し、自治体や東電をはじめとした電力事業者がこぞって蔑《ないがし》ろにしてきたのは、逆に当の評価の内容がいかに衝撃的だったかを物語っている。本気で対策を講じるには、国も自治体も事業者も厖大な費用と計画の見直しを求められるため、あえて「信頼度C」にしたとも推測できるが、判決はその「信頼度C」をもってそのまま被告らの津波の予見可能性を否定する根拠にしているのである。こんな無理筋は聞いたことがない。

また判決は、仮に被告らが09年の最大15・7メートルという津波予測に基づいて必要な津波対策に着手したとしても、11年3月までに完了できたかどうか明らかでない、とした。そして、そうだとすれば、被告らが事故を回避するためには原発の運転停止しかないと短絡した上で、起こりうるすべての自然現象について、想定しうるすべての可能性を考慮して必要な対策を講じるとなれば、原発の運転はおよそ不可能になるから、電力事業者の経営陣たる被告らに、原発を停止して事故を回避する義務はなかった——これが本判決の骨子である。

つまり、種々の自然現象のためにいちいち対策をしていては原発の運転はできないので、そもそも原発には絶対の安全性は求められない、ということになろうか。

今回の裁判の意義の一つは、津波対策が先送りにされた経緯が明らかにされたことだろう。社内で逐一報告を受けながら、決裁権をもつ被告ら3人が津波対策を先延ばしし、それが事故につながったことが明らかになった以上、社員の起こした事故について社長らが刑事責任を問われたJR福知山線脱線事故などとは違い、被告らには刑事責任が問えるはずである。

たとえば核兵器と通常兵器が峻別《しゅんべつ》されているように、過去の判例と釣り合いを取る以前に、原発事故については結果の重大さに鑑みることがあって然るべきである。今回、〈長期評価〉に対する官民の頬かむりに眼をつむり、原発の安全性にもまともに向き合わず、井の中の蛙《かわず》の理屈に終始した裁判所は、完全に時代を見失っている。

2019・10・13

直面する「気候危機」
少女が問う「人類の存続」

この9月23日、5年ぶりに開かれた国連の気候行動サミットに日本代表の出番はなかった。2050年に温室効果ガスの実質排出ゼロという目標に77カ国が賛同する一方、日本が「パリ協定」以上の削減に消極的なのは、枠組みからの脱退が決まっている同盟国アメリカを免罪符にして、安価な石炭火力に依存する国内の産業界の意向を優先しているためである。

おかげで現地では、脱石炭の時流に逆行して石炭火力発電所の増設を進める日本への抗議活動があったり、日本の環境大臣がサミットの関連会議で「環境問題に取り組むのはセクシー」云々と意味不明のメタ発言をしてみたり。地球環境保全の意志も国際社会での責任も捨てて内向きの論理に終始する私たちの国は、世界と未来の両方をあまりに甘く見過ぎており、その意味でいまどき慢心もはなはだしいと言うほかはない。

世界では、このサミットに合わせて163の国・地域で400万人の若者が温暖化防止を求める一斉デモを行い、日本でも各地で5000人が参加した。昨年8月、スウェーデンの当時15歳の少女グレタ・トゥンベリさんが一人で始めた金曜日の学校ストライキが、1年あまりで世界じゅうの若者を巻き込んだ「未来のための金曜日」運動となり、いまや各国の指導者もメディアも無視できない影響力を持ち始めているのだが、その主張の抜き差しならない厳しさや妥協のなさを含めて、あたかも21世紀に突如出現した黙示録のような光景ではある。

かつての「アラブの春」と同じく、この若者たちの環境保護運動もまさにＳＮＳの同時多発的なメッセージの拡散が生み出したものだが、それと同時に、世界規模の気候変動については、10代の若者ならではのシンプルな問題意識がもっとも鋭く現状を捉える結果になったのかもしれない。

片や私たち大人や為政者は、事態の深刻さを認識はしても、経済や社会インフラの維持を無視して即座に行動を起こすようなことはできない。たとえば石炭火力発電を止めるには代替の電力を用意する必要があるし、それに関連するさまざまな利害を調整し、関係者の同意を取り付ける必要もある。何事につけ手間と時間がかかるのが、この民主主義社会の現実であり、限界でもあるのだ。

いや、いまやより直截《ちょくせつ》に、未来のために温室効果ガスを削減するか、それとも死か、という選択なのだと言うべきだろうか。トゥンベリさんが国連の演説で、なおも対策に及び腰の各国を激しく糾弾した最後通告のような言葉は、たぶんそのことを指している。

事実、仮に世界各国が「２０５０年に温室効果ガスの実質排出ゼロ」を達成しても、産業革命以前に比べて気温上昇を１・５度未満に抑えられるどころか、今世紀末には3

度上昇するという試算もある。大国アメリカが協定を離れ、最大の排出国である中国も削減の具体策は不透明ななか、地球環境はいまこの瞬間も刻々と破滅に向かっているのだが、私たちは人類の努力が手遅れになる可能性を知りながら、必要な一歩を踏み出せないでいるのである。そして、そのことに対する一人の少女の絶対的な怒りと拒絶を前に、私たち大人は一瞬立ちすくみ、次いで苦笑するか自嘲するかし、最後は何か痛ましい異形でも見たかのようにそっと背を向けるのだ。

私たちがグレタ・トゥンベリを通して幻視する異形とは、過酷な気候変動の下で生存の危機にさらされた未来の人類の姿である。かつてないほど低劣で傲慢な指導者があふれる今日の世界で、その対極に突然舞い降りた少女は、しかし救世主ではない。また、彼女に共感する若者たちももとより国家と戦略的に対峙する力はなく、この運動の先にあるのは暴動か自然消滅であろう。気候変動が「気候危機」となったこの決定的な転換期に、もっとも厳しい顔をして、もっとも厳しい現実を告げにきた少女に、私は応える言葉がない。

２０１９・10・20

覇権国家中国の膨張
岐路に立つ
「民主主義」

建国70周年を迎えた中国の軍事パレードの映像を観た。アメリカ全土を射程に収める新型の大陸間弾道ミサイル《東風41》、日米のミサイル防衛システムでは迎撃できない極超音速弾道ミサイル《東風17》、さらには同じく迎撃が難しい改良型の長距離巡航ミサイルや戦略核の潜水艦発射弾道ミサイル、そしてステルスの無人攻撃機などなど、まさに世界を十二分に威圧するものだったが、核戦力もここまで圧倒的なレベルになると、もはや実戦で使われる姿を想像するのも難しい。ひとたび尖閣諸島などで有事となれば、これらの核ミサイルで私たちはいったい何回殺されることになるのだろう。

年を追うごとに少しずつ慣れてきてはいるが、超大国となった中国を眺める私たち日本人の本音を一言で表すのは難しい。70年という年月は、民主主義と社会主義という二つの価値観が第二次世界大戦後の世界を二分して対峙してきた年月である。そして、民主主義陣営の一員だった日本はここへきて少子高齢化による国力の退潮が著しく、片や世界第2位のGDPを誇る中国は共産党の一党支配をますます強化して、軍事力でも次世代技術でもアメリカと並び立つ覇権国家となっている。北京オリンピックさえ今は昔の、それこそ極超音速で肥大する大国を私たちは眺めているのである。

いまやその経済力と13億人の市場なくして世界経済は立ち行かないため、南シナ海を勝手に自国の領海にして占有してしまうような、国際法もへったくれもない横暴にも世界は沈黙するほかない。また、チベット族への人権弾圧に加えて、１００万人のウイグル人が収容所に収監されているとされる未曽有の事態にも、日本をはじめ主要国は口をつぐむ。大国のやりたい放題は、それに追随する各国の正義や人道をも日々やせ細らせているのである。

それでも私たち日本人は、まだしばらくは漫然と生きていられるが、一国二制度下の香港や、台湾の人びとはそうはいかない。逃亡犯条例を機に始まった香港の市民デモは激しさを増し、先日はついに警官隊が実弾を使用して高校生が撃たれる事態となった。また10月4日には、行政長官が立法府の審議なしに法律を自由に定められる「緊急状況規則条例」が発動され、これで中国の武力介入も一層容易になったと言われている。

中国の共産党支配が続く限り、民主化を求める香港のデモは初めから挫折する運命にあるが、仮に天安門事件のような結末を迎えたとき、世界はかつてのように非難の声を上げることができるのだろうか。またあるいは、もしも中国が台湾に武力侵攻したとき、アメリカのインド太平洋軍はほんとうに機能するのだろうか。そのとき日本はどうするのだろうか。国連の安全保障理事会が開かれても、中国は、台湾は自国の領土だと主張して終わりではないだろうか。

またさらに、軍事力を使わずとも、中国が蓄積し続ける厖大なビッグデータとＡＩ技術の脅威もある。すでに私たちの個人情報がＧＡＦＡに握られているように、中国のＢＡＴ（バイドゥ、アリババ、テンセント）にも私たちは早晩呑み込まれるだろう。ネットを介して個人データを支配するルーラーが、もとより人権も国際法もない国だというのは、まさに《ビッグブラザー》の世界である。

こうして眺めるに、中国の建国70周年は、民主主義と相容《あいい》れないその価値観が世界に浸潤してゆくのを、誰も止められなくなった時代の分水嶺《ぶんすいれい》なのかもしれない。

公正や人権は明らかに後退した。個人が存在しない独裁国家的な世界は、皮肉なことにもっとも効率的にデータの蓄積と支配を行うことができるし、これほどＡＩによる社会システムのコントロールに最適な体制もない。この先、加速度的に進化するＡＩの下で、私たちは無為な囚人になるか、何かしら新たな個人の在り方を探るか。せめて、いまは自由のために戦う香港の姿を胸に刻みたいと思う。

２０１９・10・27

熱狂に消えゆく「現実」目を背けて是なのか

スポーツの秋とは言うものの、9月から10月にかけて世界はバスケットボール、バレーボール、ラグビーの各W杯とサッカーのW杯予選、さらには世界陸上に体操世界選手権と、大きなイベントが目白押しで、ふだんは特段スポーツに縁のない者も、なんとなく浮足立った気分に駆り立てられるようで落ち着かない。

もともと日本人全員がそんなにスポーツ好きだったはずもないし、ラグビーが国民的スポーツだったこともないはずだが、国内初のW杯開催となればにわかラグビーファンが急増して、私のような者でも思わず試合に見入っていたりする。予想外の日本チームの活躍に加えて、世界一流のプレーは人間の五感を捉えて離さないものなのだろう、老若男女の熱狂と興奮を肌で感じる日々ではある。

もっとも、そうして市民やメディアがスポーツに熱狂するのはまさに平和の証しではあるのだが、連日のお祭り騒ぎのかたわらで、たとえば先の台風15号や19号が各地にもたらした甚大な被害が、嘘のように忘れられていたりする。また気がつけば、戦後最悪と言われる日韓関係への関心もいつの間にか薄れており、北朝鮮の潜水艦発射弾道ミサイルも香港情勢も同様に関心は低く、10月9日に始まったシリア北部のクルド人地域へのトルコの攻撃に至っては、ほとんど話題にもならない。まるで、スポーツと災害や紛争を天秤《てんびん》にかけるのは無粋だと言わんばかりの、私たちの無関心ぶりである。

半年ぶりとなる衆院予算委の論戦も、憲法改正に向けた自民党の独り相撲の場となっているだけで盛り上がらず、アメリカに一方的に譲歩したかたちの日米貿易交渉についての真剣な検証もない。また、いよいよ消費税が10％になり、世界経済の景気後退も鮮明になってきたタイミングで、8月の景気動向指数が4カ月ぶりの「悪化」となったニュースなども、ちょうど世界陸上の男子400メートルリレーで日本が銅メダルとなったニュースと重なったためか、日本じゅうがどこか他人事《ひとごと》のようだった。

日ごろ、有権者の多くが政治に年金・福祉の充実と景気対策を期待するが、そのわりに、たとえば足元の経済指標が大きな関心事になることがないのはなぜか。災害は、被災者を除くと直接の関心事でいられる時間に限りもあるが、景気動向などは個々の給与所得にも響いてくるリアルな問題であろう。にもかかわらず、それがラグビーの熱戦や世界陸上のメダルに影を落とすこともなく、日本じゅうが歓喜に沸き返る。

私たちはいまや日常的に興味のあるニュースを取捨選択することに慣れ、多くの場合、経済の話題などは見出しを拾うことすらしない。そうして選んだお気に入りのニュースをSNSで拡散したり共有したりした結果が、右のような事態である。政治経済よりスポーツ。仕事より娯楽。端的に、令和の日本人は、言うなれば手軽な愉楽と刺激を求めて、社会生活のほぼすべてがエンターテインメント化された社会に生きている。

折しも、原発の立地自治体の関係者と電力会社幹部の間で億単位の金品の授受があった不祥事が明るみに出たところだが、それさえ菓子折の下の金貨といったかたちで面白おかしく消費されるだけであり、原発立地をめぐる金まみれの歴史を見つめ直そうという空気はどこにも感じられない。

こうして振り返ると、この秋日本じゅうを賑やかに包み込んでいるスポーツの熱狂は、ひたすら足元の厳しい現実から目を逸らすための逃避にも見えてくる。

国内のラグビーの競技人口が減少の一途である事実には目もくれず、W杯のために整備された地方の競技場の行く末にも目をつむって、私たちは史上初の日本チームの8強入りに熱狂する。そういう心身の片隅に、一抹の虚《むな》しさはないか。経済の先行きに不安はないか。毎年の台風襲来への、そこはかとない恐怖はないか。シリア北部の戦禍を黙過している後ろめたさはないか。

2019・11・3

危機を察知する感度の低さ
国土利用の転換を急げ

事前に十分警戒されていた巨大台風19号の被害は、予想を超えて関東甲信越から東北にまで及ぶものとなった。とはいえ、その全体像が見えてくるのに1週間もかかるとは。先に千葉県北東部から房総半島を襲った台風15号も、首都圏にごく近い地域だったにもかかわらず、被害の深刻さが分かったのは数日後で、全容が判明するのには1カ月近くかかったのだが、ある程度の規模の災害の場合、これは想定内の日数なのだろうか。時間がかかりすぎると感じたのは、私の短気のせいなのか。

各地で個々の被害がなかなか把握されなかった理由を、私なりにあれこれ想像してみる。河川の増水のスピードが予想外に速かったり、堤防の決壊が広範囲に及んで浸水被害が一気に広がったりしたため、自治体や消防による被害の把握が追いつかなかったのだろうか。また、ふだんは片時もスマホを離さない暮らしだろう住民たちも、今回ばかりは自身の避難に手いっぱいで、被害状況のツイートどころではなかったのだろうか。

もともと電波の届かない山間部や道路事情の悪い僻地《へきち》は別にして、これだけスマホが普及して日夜SNSが飛び交う時代に、首都圏の市街地の被害状況もすぐには伝わらなかったのだが、そこから分かるのは、何事につけ瞬時にSNSの情報が駆け巡る時代という感覚は、こと災害に関する限り錯覚だということである。非常時のSNSの有用性に頼るあまり、人手も予算もない自治体の情報収集能力が細る一方の現状を放置しては本末転倒だろう。

それにしても最近は、気がつけばこうして自然災害のことを繰り返し考えている。台風19号を見れば、自然災害の被害には田舎も都会もないことがよく分かる。車に電化製品にスマホといった人工の暮らしに慣れた私たちは、押し寄せる泥水や山崩れ、風速50メートルの暴風といった自然と向き合う能力を持ち合わせていない。そのため都会でも田舎でも、危険を察知する人間の感度の低さと、さまざまな過信や慢心が災害のリスクをより高め、被害を大きくしている面があるに違いない。

もちろん、仮に私たちが適切な避難をしても、守れるのは己《おの》が命だけである。台風19号が各地で決壊させた河川は大小合わせて71に達し、2万5000ヘクタールが水につかったが、千曲川や阿武隈川、多摩川などの一級河川でも全域に堤防が整備されているわけではない。河川だらけのこの国で治水にかかる費用は厖大であり、加えて人口減少が進む現状では、水害が繰り返される河川であっても完全な治水対策は非現実の話なのだ。そして、ひとたび洪水が発生すれば生活インフラが流され、私たちは住み慣れた家や家財を失う。

また、仮に水害を免れたとしても、風速60メートルといった暴風に一般の木造住宅はほぼ耐えられないし、高層ビルやマンションのガラスももたない。一つ間違えば本土では台風一つで町が全滅することもあるかもしれない、そんな脅威が毎年襲ってくる時代に私たちは生きているのである。

被災地でのボランティア活動も貴重ではあるが、異常気象もここまでくれば、たとえばハザードマップに表された浸水想定区域にはできるだけ人が住まないといった国土利用の転換を構想することも、私たち一人一人に課されているのではないかと思う。

現代は、精度の上がった気象衛星やスーパーコンピューターが年々加速する気候変動や巨大台風の姿を詳細に描きだす一方、人間のほうは、技術面でも費用面でも必ずしもそれに見合った備えができるわけではない。また、毎年各地で繰り返される災害の爪痕とその復興費用は、この国と私たち国民を確実に疲弊させ、どこかで必要な費用が底をつくときもくる。

人間にできることは限られているが、この非情な現実を見つめるとき、この期に及んで石炭火力依存を強める国策などには、問答無用でNOを言えるはずである。

2019・11・10

IV

矛盾と「あいまいさ」天皇制、形骸化の予感

皇居で執り行われた「即位礼正殿の儀」の中継を観た。いまの世で、天皇の即位のときしか目にする機会のない古式の儀礼は、現代の私たちにとって新鮮であると同時に、全国各地の神社で感じる神道特有のあらたまった心地を思い起こさせるものだった。また、正殿前の中庭に並んだ色とりどりの旛《ばん》は、この国の文化が古代中国や朝鮮半島の影響を強く受けたものであることを告げていて、あらためて感慨深くもあった。

もっとも高御座《たかみくら》の天皇の姿は、個人的には荘厳というより神格化の装置そのものに見えたほか、首相の発声で行われた万歳三唱には強い違和感も覚えた。とくに奈良時代から天皇の儀礼とともにあった高御座などは、そのまま天皇の権威の象徴だったのであり、その歴史の重みと現代の天皇像の間にある断絶が、芝居がかった装置に見えた理由かもしれない。

またこの国の万歳三唱はたんなる歓喜の表現ではなく、こと天皇を言祝ぐ場面では、戦前の大日本帝国憲法で定められた私たち臣民と、絶対的権威たる天皇の関係性がいまも色濃く現れる。事実、この万歳三唱が始まったのは、まさに明治天皇のときである。

ともあれ現代の私たちは、天皇の行幸に当たり前のように日の丸の小旗を振り、老若男女が万歳を唱和するのだが、そうして言祝ぐのは徳仁《なるひと》天皇や雅子皇后といった特定の「人」なのか、それとも天皇という特別な記号なのか。否、明治時代につくられた天皇像に則《のっと》って、私たちは無意識のうちに、神代から続く特別な存在の「権威」を言祝いでいるのだろうか。仮にそうだとすれば、統治者ではなく、国民でもない立ち位置で崇《あが》められる私たちの天皇は、実に神に近いと言うほかはない。

しかしこの国の歴史を振り返れば、天皇はときどきの権力者や為政者が己の正統性を裏付ける権威の供給源にすぎなかった時代のほうが長い。天皇を絶対君主とした明治から終戦までの国体のほうが例外だったのである。言い換えれば日本人は古来、天皇については、ときに利用したり、ときに蔑ろにしたりで、庶民に至っては明治になるまで天皇など意識の片隅にもなかったのであり、その意味では、今日の私たちが天皇制の意味をまともに問うたりしないのは、むしろ自然なことだと言える。

しかも、明治政府が天照大神《あまてらすおおみかみ》の子孫たる天皇を国家元首に据えて近代国家を建設せんとしたのも無茶な話なら、その天皇をそのまま国民統合の象徴にして民主主義国家を標榜《ひょうぼう》した現行憲法も相当に大ざっぱであり結果的に現上皇は自ら象徴の在り方を模索し続けなければならなかった。一方、昭和天皇の戦争責任を不問に付す戦後の暗黙の了解と、長らく平穏な年月が続いていることのおかげで、国民にとっても天皇はいつしか空気のようなものになり、皇太子のご成婚やお世継ぎの誕生といった慶事のときだけ、あたかもアイドルのように盛大に国民に消費される対象となっていまに至っている。

もちろん、即位にまつわる一連の宗教儀礼は明らかに憲法の政教分離規定に抵触しているが、それはもとより天照大神の子孫を国の象徴にした現行憲法が抱える矛盾であって、どこで折り合いをつけても、すっきりしないあいまいさが残ることになろう。そしてこのあいまいさこそ、将来的に天皇制、もしくは現行憲法のどちらかの無化につながる可能性を孕んでいるのだが、天皇制も憲法もすでに空文に近いものとなっているいま、問うだけ虚しいのかもしれない。

人は空気のように存在するものの意味や当否をあらためて問うことはしない。このまゆけば、さしあたり女帝問題も「いまどき女性でなぜいけない」というノリでの容認論が大勢となろう。女性天皇自体に是も非もないが、神につながる宗教的権威と、象徴もしくはアイドルとして消費される生身の女性の間で、天皇制はますます形骸化してゆくことだろう。誰も存在の意味を問わないものは、存在しないも同然である。

2019・11・17

共通テストを巡る混乱
公教育を軽んじる国の罪

時代とともに学校教育の内容も変わってゆくのは当然だし、すでに学びの場から遠い年齢になった私などは、変化を静かに見守るだけのことではある。とは言っても、2020年度から始まる大学入学共通テストについては、高校の現場から再三指摘されてきた種々の問題点と政治の無関心が、かねてから大いに気になっていた。

とくに英語の民間試験は、難易度も評価方法も異なる試験が7種類もある上に、受験費用も6000円から2万5000円と開きがあり、地方の受験生は受験会場までの旅費や宿泊費もかかる。それだけでも機会均等が大原則の共通テストとしては大問題だろうに、文部科学省の無策に輪をかけて、そもそも公教育の意味を理解していないらしい文科相の「自分の身の丈に合わせて」発言である。これにはさすがに与党からも批判の声が上がり、国は11月1日になって急遽《きゅうきょ》、民間試験の導入延期を発表したが、全国の高校や受験生たちの混乱は察するにあまりある。

こんな泥縄を見れば、今回の大学入試改革が個々に周到な議論を尽くされたものでないことは明らかだろう。いったい政府も文科省も中央教育審議会も、教育に何を求めてこんないい加減な改革をごり押ししたのか。いったい誰が旗を振ったのか。抜本的な見直しを行う気はあるのか。国民の一人として、到底静観しているわけにはゆかない事態である。

英語の民間試験は、学習指導要領が求める「読む・聞く・話す・書く」の4技能の評価を効率的に行うために導入されるものだが、そこには、この4技能がそもそも機械的に計れるものなのかという根本的な議論が欠けている。大学で求められる英語力と、一般的なコミュニケーション能力は別ものだという視点も欠けている。

また、2022年度から実施される高校国語の学習指導要領で、現代文が「文学国語」と「論理国語」に分けられることになった点についても、全般的に実用性に偏りすぎていること以前に、本来、言語においては論理と表現は不可分であることが理解されていないことこそ大問題である。

ともあれ、共通テストや学習指導要領の改訂をめぐるこの間の国会の無関心ぶりは、学校教育や学問全般に対する政権の意識の低さをそのまま物語っている。現に、中教審のトップに、教育界の人材ではなく財界の重鎮が就いているのも不思議な話である。ひょっとしたらグローバル時代やAIの加速度的進化に対応できる人材の確保のために、大学入試を含めた教育全般の早急な改革の議論を牽引したのは経済界なのだろうか。

またその中教審よりも、2013年以降は安倍首相の私的諮問機関である「教育再生実行会議」なるものが教育政策を主導しており、国民の間には批判の声もある道徳の教科化もこの会議の提言だった。その教育観の偏りや、経済界が教育に口をだすことの弊害は、公平性の確保が難しい民間試験や記述式問題の導入など、公正であるべき大学入試の基本中の基本を無視した議論にまさに集約されているが、それをそのまま承認してきた文科省は、もはや存在理由すらないと言ってよい。

実学が幅を利かせる社会を動かしているのは資本主義の欲望である。しかし、先進国がどこも経済成長の鈍化に苦しみ、富の偏在だけが加速するいま、旧来の政治も産業もいわば旧態の変革と更新に失敗したということである。そんな彼らがあわててグローバル人材やＡＩ人材を欲しがっていることに、私たちはどこまで理解を示すべきだろうか。必要なのはむしろ、彼らが軽んじてきた「学問」であり、基礎研究であり、新しい知の開拓ではないだろうか。

折しも、質の高い論文で世界９位の評価を受ける沖縄科学技術大学院大学に対して財務省は今秋、他大学と同じように外部資金の導入を求めたと聞く。学問の意味を理解しない政治がこの国の教育を左右する不幸が、ここにもある。

２０１９・11・24

皇室祝賀、スポーツ 現実に目を背けた秋

いったいどこの誰が主催したものだったのか、新天皇即位を祝う国民祭典なるものの、あまりの時代錯誤に呆然《ぼうぜん》となり、秋晴れの首都東京を彩った新天皇即位の祝賀御列《おんれつ》の儀も、地方の人間にはいくらか遠いものに感じられて、一人ため息をつく。

折しもベルリンの壁が崩壊して30年、ついに死者が出る事態となった香港の市民デモも所詮、市井には外国の出来事でしかなく、国内に目を転じれば、台風19号や21号の大水害も、被災地を除けば早くも記憶は薄れ、大学入学共通テストの不首尾に端を発した国会の混迷も、直に暮らしに響くものではない。そして足元では、ラグビーW杯の熱狂冷めやらぬうちにアメリカのプロ・バスケットボールの開幕、野球の世界大会WBSCの「プレミア12」、卓球W杯、ワールド・ボクシング・スーパーシリーズと、スポーツの季節が続く。多様化・複雑化した社会とは、実にこういう姿を言うのだろう。

そのワールド・ボクシングの井上尚弥対ノニト・ドネア戦を観た人も多いと思うが、極限まで鍛えた身体《からだ》と身体のぶつかり合いは、たんなる勝敗のスリルを超えて、選手の筋肉の一つ一つの動きやそこから生まれる力、放出される熱、かき混ぜられる空気などのすべてに、私たちの身体と五感がダイレクトに感応する。観ているこちらまで手に汗を握り、知らぬ間にあちこちの筋肉が痛くなっている。これこそ古来、老若男女を魅了してきたスポーツの、まさに「身の丈」の醍醐味《だいごみ》だが、テレビを消せば明日にはかたちもないひとときの興奮は、いったい私たちの記憶のどこにどう刻まれるのか。

また、ここへ来て突如、ＩＯＣ（国際オリンピック委員会）の鶴の一声で東京オリンピックのマラソンと競歩の会場が札幌に変更され、私たちは、開催都市の東京には異議を唱える権利もないことを知った。振り返れば、このオリンピックは招致の裏で流れたとされる賄賂の話に始まり、青天井の会場建設費や夏の猛暑対策の不毛など、もとより身も蓋もない現実によってずいぶん水を差されてきたが、それに輪をかけて、開催都市のこのあまりの無力さである。

もっとも、こうして不運にも私たちはまた一つ意気込みを削《そ》がれるのだが、そもそもオリンピックは、１億２０００万の国民が価値観の違いに蓋をし、共通の夢に向かって自らを鼓舞する共同幻想である。そう考えれば、その日をどんな顔をして迎えればよいのか分からなくなっている私の困惑も、理由のないことではないだろう。

しかも、幻想はいまやスポーツそのものにも及ぶ。過剰な理想化と、娯楽化・商業化が同時に進むいま、スポーツはともすれば単純に人間の肉体の技であることを超えた仮想現実に近くなっており、私たちは競技場やメディアやＳＮＳの場で、さまざまな感動の物語を付けてスポーツを消費するようになっている。その一方、消費されるアスリートたちの耳には日常的に多くの雑音が入り込み、彼らはときに方向を誤ったり、集中力を奪われたりすることと闘わなければならない。いうなれば、記録への挑戦や頂点に立つことの意味を、個々の身体で内部化するほかはないのである。

そして、清々《すがすが》しくうつくしい永遠のスポーツ像のために、アスリートたちは競技を通して身をもって現実と建前の乖離を埋める。一方、私たち国民も必ずしも理想どおりではない現実に目をつむり、彼らの躍動に声援を送る。その熱狂が国民を見事に一つにするという意味では、スポーツはきわめて皇室に似ていると言えるだろう。

とまれ、2020年の東京オリンピックは、こうしたスポーツの姿を浮き彫りにするものとしてあるのは間違いない。できれば来年7月のその日を晴れ晴れと迎えたいというのは日本人の大多数の願いではあるが、オリンピックとスポーツの現状を見る限り、私自身はいまのところ静かに半身で迎えるのが精いっぱいだろうか。

2019・12・1

危険水域の日本財政
舵取りを任せられるのか

物入りの秋である。公費の支出でいえば、11月10日に行われた新天皇の祝賀御列の儀が、8000万円のオープンカーを含めて1億2800万円。国民にはその内容が知らされない皇室の秘儀中の秘儀の大嘗祭《だいじょうさい》が27億1900万円。先月の即位礼正殿の儀と饗宴《きょうえん》の儀を加えた一連の儀式の費用は、海外の賓客の滞在費と警備関係費を含めて総額167億4100万円。慶事とはいえ、台風19号・21号の被害がなおも生々しい折、もう少し質素にしても——と思った私は非国民だろうか。

首相主催の「桜を見る会」とやらについては、毎春芸能人を記念写真の最前列に並べて何のバカ騒ぎかと思っていたが、そこに首相が自らの後援会の支持者を大量に招待していたとして問題となったその費用が、来年度は5728万円也。批判を浴びて来年の花見は急遽中止になったが、国債残高が1103兆円という未曽有の財政状況の下、公費での政治家たちの花見など許されるはずもない。

それにしても、こんな無駄遣いが常態となっている原因はいったい何か。大もとには、歳出を考えるに当たって、これ以上国の借金を増やしてはならないという強固な意志を、首相をはじめ政府の誰も持っていないことがあろう。折しも基礎的財政収支の黒字化がまた2027年度まで先送りされたところだが、それすら達成できるとは誰も思っておらず、達成するつもりも初めからないように見える。

日本の財政状況は、22年ごろには危機に直面するという試算もある待ったなしの危険水位に来ているが、警戒するどころか、国債を消化できるうちはインフレになるまで財政拡大を続けられるというＭＭＴ（現代貨幣理論）への支持が、国政レベルで広がっている現実もある。そもそもインフレが起きるような体力自体がない国にとって、むやみな財政出動は消化能力の衰えた高齢者にステーキを与え続けて死期を早めるようなものでしかないが、詐欺に等しいこんな理論を、国政を預かる政治家が打ち出の小槌《こづち》とばかりに歓迎するのは、いったいどういう経済感覚か。

結局のところ、借金をいくら重ねても財政は当面破綻せず、借りた金は返さなくてよいということになれば、無駄遣いも公費の私物化もやりたい放題ではあろう。消費税の増税分も、結局、異論の多い一律の幼保無償化や、低所得層の高等教育の学費減免措置の拡充など、新たに放漫な支出をうみだしただけであり、来年度予算も歳出抑制どころか、１００兆円超えは必至の大盤振る舞いが続く。

そして、私たちの暮らしの足元では先細りと疲弊が進む。内閣府が発表した景気ウォッチャー調査では10月の小売店などの景況感は大きく下落し、設備投資の先行きを示す9月の機械受注も３カ月連続で減少して、政府は11月11日、経済の基調判断を９カ月ぶりに引き下げた。当初懸念されたとおり消費増税は徐々に消費を冷やし始めているほか、米中貿易摩擦で生産が鈍化している中国市場の低迷の影響で、19年度上半期の貿易収支も2期連続の赤字となった由。輸出を牽引する自動車7社の来年3月期の業績見通しも、トヨタを除いて大幅な下方修正である。

こうしたなか、政府は年末にかけて懸念される景気後退に備えて約3年ぶりの経済対策の策定と補正予算案の提出を決めたが、並べられた項目は、先の台風被害の復旧費用を除くと、どれも費用対効果が検証されたこともないお手盛りの画餅ばかりに見える。

それにしても、一生活者の私がこうして執拗に経済指標などの数字を拾うのは、それが日本の〈いま〉を表しているからである。この国が傾いてゆくのを見るのは寂しいことだが、現実を見なければ、次の一手を考えることもできない。財政出動で景気を支えることのできた時代は終わり、国が沈むほどの借金が残されたいま、財政規律すら守れない者にこの国の舵《かじ》取りはできまい。いますぐにでも総選挙をしてほしい。

２０１９・12・8

国家間の利害を超える ローマ教皇の発信力

世界はいま、11月24日の区議会議員選挙で民主派が圧勝した香港の分断がいよいよ深まっており、10月から反政府・反イランの民衆デモが続くイラクでは死者が300人に達する。片や「桜を見る会」をめぐる低次元の応酬で過ぎゆく平和な日本には、38年ぶりにローマ教皇フランシスコが降り立ち、メディアがその一挙手一投足を追う。

もっとも国民の0・3%、約44万人のカトリック教徒を除けば、一般の関心は先の新天皇即位の熱狂とは比べるまでもない。しかもキリスト教の信仰に根差した教皇の言動は、信者でない者には微妙に遠いものであるし、私たちは仏教徒ですらない自らの、宗教心の希薄さをあらためて思い起こすのがせいぜいだろう。

とまれ、そうはいっても相手は世界に13億人の信者を抱える超強力なインフルエンサーである。それゆえに、たとえば広島と長崎は核兵器廃絶のメッセージや先細りが続く平和運動の再活性化を期待し、死刑廃止論者たちは同じく日本政府に向けたメッセージと国民的議論の喚起を期待し、はたまた日本政府は、被爆国でありながらアメリカの核の傘に守られている現実を恥じることもなく、自国の平和外交のイメージを期待して、各々《おのおの》教皇を迎えることになった。

そしてその期待どおり、各地で発せられた教皇のメッセージは、正統の上にも正統な人道主義と、核兵器の非道を厳しく指摘するものであったのだが、はて私たちの心身にそれはどんなふうに響き、何をどう動かしたのだろうか。

フランシスコは、歴代の教皇のなかでもとくに世界で拡大する貧困や差別を積極的に取り上げ、世界各国にそれぞれの行動を促して回ることを、教皇である自身とローマカトリック教会の使命と考えている人のようである。

自身の発信力と影響力を最大限に活かしての発言と行動は、その根拠が信仰であるゆえに国家間の利害を飛び越えることができる一方、キリスト教の布教と勢力拡大という面では、二千年にわたる教会の歴史がそうであったようにきわめて戦略的であり、政治的でもある。核兵器禁止条約に背を向けたまま「核兵器国と非核兵器国の橋渡しに努め」るという安倍首相との会談も、教皇の視線は初めから日本政府ではなく、世界に向いていたに違いない。

現代では、いかにローマ教皇といえども国家の政治方針を変えさせるような力はないし、世界を神の恩寵《おんちょう》で教化せんとする教皇の意図は、非キリスト教社会では空回りせざるを得ないが、それでもまさに信仰の力に導かれて、かつての宣教師たちがそうであったように教皇はわずかな信徒しかいない日本にまで足を運び、被曝《ひばく》者や震災の犠牲者に寄り添う。

もちろん、国民の大多数が無宗教の日本では、残念ながら教皇のどんな祈りも一般的な共感に留まるほかはないが、キリスト者の祈りが信仰をもたない者にも等しく向けられていることを思えば、私たちもそれなりの感謝と敬意で応えるべきだし、それが宗教と社会、信仰と無宗教の間を埋める唯一の方法でもあろう。種々の社会的課題についてのメッセージを求めるだけでは、わざわざ教皇を迎えた意味がないというものである。

しかし、それも教皇にとっては些細《ささい》なことかもしれない。教皇は他宗教との戦争や宗教裁判といった闇も含めたローマカトリック二千年の壮大な歴史と権威を背負っており、その慈悲と献身の下にあるのは、ときに殉教も辞さない一神教の強烈な信心と原理主義的な強さである。仮に信じる神の名がアッラーになれば、その信仰はイスラム教になり、ときにイスラム国の原理にもなる。そういう宗教の本質について、私たちは少々無知であり過ぎるようにも思う。

教皇のメッセージから信仰という核心を取り除くと、きわめて社会的な意見の表明になるが、その分かりやすさのみに耳を奪われてはならない。私たちが聞いているのは、信仰の声だからである。

２０１９・12・15

生活に浸透するAI 加速する人間の退化

国立病院機構久里浜医療センターが行ったゲーム依存の実態調査について、メディアが状況の深刻さを報じている。曰く、10〜29歳の85％が過去1年間にゲームをしたことがあり、平日のプレー時間は6時間以上が2・8％、4時間以上6時間未満が6・5％、3時間以上4時間未満が9％。休日は6時間以上が12％に増える云々。

さらに、6時間以上ゲームをする人の24・8％が学業や仕事に支障をきたしており、40・5％が心身の不調を抱えているとのことだが、いまやサラリーマンや高齢者までが、電車を待つわずかな時間を惜しんでスマホのゲームに興じる時代である。ゲームをしない人のほうが少数派となった今日、この数字こそ私たちの新たな日常だろう。時代が変われば、いまの異常値が正常値になることもある。

しかも世界のゲーム市場の規模は昨年15兆円に達し、年10％の成長を続けている。国内のゲーム人口は2017年度で約4900万人。ビデオゲームで対戦するeスポーツは世界の市場規模が1000億円超、競技人口も1億人を超え、22年のアジア競技大会の正式種目にもなった。従来のスポーツの概念といかにかけ離れていても、テクノロジーと市場の拡大が人間の価値観を変えてゆく事実とそのスピードには、いまや誰も抗うことができない一例である。

もちろん、長らくオタク扱いされてきたゲーマーが、億単位の賞金を稼ぐeスポーツのプロ選手になって市民権を得ても、ゲームのやりすぎによる身体への影響が消えるわけではないし、ＷＨＯ（世界保健機関）が「ゲーム障害」と認定した依存症とはつねに紙一重ではあろう。しかしそれでも、カネの動くところ、世界はけっして立ち止まらない。私たちが日々ＧＡＦＡなどのプラットフォーマーに個人情報をまき散らしながら、ネット依存の生活に埋没しているのと同じ理屈である。

私たちはみな、何が起きているかうすうす気づいているはずだ。すでに引き返せる段階を過ぎてしまったことも。現に、生活の至るところに入り込んだＡＩを、一つ一つ取捨選択するまでもなく受け入れるうちにその快適さに慣れ、少し前まであった違和感もすでにない。そうしてたとえば11月27日には改正医薬品医療機器法が参議院で可決成立し、ＡＩで病理診断を行う医療機器の承認制度が新たに加えられて、ＡＩの進出が本格化することになった。

また産業分野では、ＡＩがビッグデータを解析して新しい素材や化合物の組み合わせを見つけだすマテリアルズ・インフォマティクス（ＭＩ）の活用が進む。11月28日付の朝日新聞によれば、20世紀以降に発表された３３０万本の論文を読み込んだＡＩが、今年ノーベル賞を受賞した吉野彰さんが発見したのと同じ結果を導き出したのだとか。

ＡＩがノーベル賞の頭脳をあっさり超えてしまったことよりも、人間だけが積み重ねることのできる興味と関心と努力が、たぶん意味をもたなくなる時代が来たということに、私は言葉を失う。

そしてテクノロジーはさらに加速する。20年ぐらいのうちに量子コンピューターの演算能力を得たＡＩは、データベース化された全人類の全歴史と全知識にアクセスして、開発・生産・交通・金融・医療・軍事など、人間の仕事の大半を仕切るようになるだろう。そのとき私のような年寄りは、無課金のゲームで細々と時間を潰す人生になる可能性が高い。仮に戦争や破滅的な地球温暖化を回避できても、私たちが向かっている未来はそういう世界である。

折しも政府は、39年度以降に量子コンピューターを実用化する国家戦略案をまとめたところだが、一方で私たちは未だに福島第1原発の汚染水一つ止められないでいる。そして、いまや個人の意思を超えて自己増殖するテクノロジーをよそに、足元では政治臭芬々《ふんぷん》の「桜を見る会」だの、街なかで自動小銃をぶっ放す暴力団員だの。人間の退化が加速している。

２０１９・12・22

中村哲氏銃撃
ほんとうに必要なものの重み

人はみな、ひょんと死ぬ。重々分かってはいても、12月4日にアフガニスタン東部で狙撃された中村哲氏の訃報には、ただただ悄然とするほかはなかった。貧困とテロの蔓延する国で、現地のために半生を捧《ささ》げた人の最期がこれかと思うと、その虚しさは、遠い日本で安穏としてきた自分自身への怒りになって返ってくる。

それはまた、あまりに低劣な日本の政治の現状へと跳ね返り、怒りはますますふくらむばかりである。折しも会計検査院が指摘したところでは、東京オリンピック関連事業に対する国の支出が、公表されている2880億円の4倍、1兆600億円に達している由。しかもその多くが、大会と関連づけるのが難しい支出とされる。一人当たりのGDPがわずか700ドル弱のアフガニスタンと比較しても仕方ないが、一人当たりのGDPではすでに世界の中等国になり下がっている日本の、この放漫な金銭感覚はいったい何なのだ。

首相主催の「桜を見る会」の、毎年数千万円という経費も呆《あき》れるばかりだが、会の私物化の追及に時間を取られた臨時国会で、ほとんど審議されないまま承認されてしまった日米貿易協定も然り。これについては、日本の関税撤廃率が金額ベースで84%になったのに対し、輸出額の約35%を占める自動車とその関連品目の関税撤廃が見送られた結果、アメリカの関税撤廃率は約6割に留まることになった。これを「ウィンウィン」とは、いったいどの口が言うか。

しかも、自動車関連の関税撤廃が実現しない限り、世界貿易機関（ＷＴＯ）が定める２国間の貿易協定に必要な関税撤廃率９割という基準に届かないことになるが、このアメリカのごまかしを、日本は黙認したことになる。


とまれ交渉とは名ばかりで、蓋を開けてみればアメリカの言いなりだった日本政府の敗因も、詰まるところ自分の懐が痛むわけではない政治家の無責任さと、金銭感覚の麻《ま》痺《ひ》に行き着く。今回、アメリカが通商拡大法２３２条とやらに基づいて輸入自動車に高関税をかけてくるのを恐れるあまり、日本は譲歩に譲歩を重ねて牛・豚・オレンジ・野菜などの関税を撤廃した末に、国内向けにはいつもながら影響を受ける農家への支援を打ち出しているのだが、その内実はせいぜい低利融資か、ＩＴ化の補助ぐらいである。

かくしてこの時期恒例の補正予算に加えて、５日に臨時閣議で決定された3年ぶりの経済対策の総額は26兆円。うち、国と地方の歳出と財政投融資を合わせた財政措置は13・２兆円。予算の4割を赤字国債で賄う国庫にそんな財源があるはずもないが、政治家はそんなことは一顧だにしない。さらには肝心の対策の内容も、各方面からそのつど上がってくる要望を並べただけで、明確なビジョンも計画性もなく、結果的にやりっ放しで費用対効果の検証もない。そうして財政規律はもちろん、個々の対策の必要性の検討もおかまいなしの大盤振る舞いでまた借金だけ積み上げ、政治家がひとり留飲を下げて終わりなのだ。

中村医師がアフガニスタンで建設を続けてきた用水路は、主に人の手で土を掘り、石を積み上げて護岸を固めたものだそうだ。初期費用20億円は日本からの募金で賄われたと聞くが、二十数キロの用水路といくつかの取水堰《せき》だけで、１万６５００ヘクタールの耕地が復活し、いまでは60万人の生活を支えているという。ほんとうに必要なものに投じられた20億円の重みに、眼を見開かされる思いがする。

私たちは国の歳出を一から見直さなければならない。現に、ＣＯＰ25で一刻の猶予もないCO_2削減の議論が交わされているときに、日本が石炭火力に固執し続けるのは人類への犯罪行為だろう。小中学生全員にＩＴ端末を配布するより、いまは教員の増員が先だろう。景気浮揚を言う前に、構造的な低迷の現実を直視するのが先だろう。歳出の無駄と放漫をここで止めなければ、日本が潰れる。

２０１９・12・29

歪められた「説明責任」
荒ぶこの国の風景

12月10日、マドリードで始まった第25回国連気候変動枠組条約締約国会議（COP25）の閣僚級会合で、注目の小泉進次郎環境大臣の演説は結局、時流に逆行する石炭火力推進からの方針転換や、CO_2削減目標の引き上げには触れず、各国を失望させただけに終わった。国務大臣として出席している以上、石炭火力推進という国の方針に背く発言もできず、現行の日本の取り組みの説明に終始したのだが、一寸の猶予もない危機的状況下での日本の中途半端な演説は、説得力に欠ける上に、外交的にも意味不明だったと言ってよい。

考えられることは三つである。①政府は環境後進国の烙印《らくいん》を押されることによる国際的な信用の失墜は眼中にない。②そのことによる外交力の低下も意に介さない。③CO_2削減の本気度が疑われても、同様に意に介さない。いずれにしろこの国の政治の能天気を証明するようなものだが、要は地球の未来よりも、日本国民の生活よりも、経済合理性よりも、国家の威信よりも、とりあえず国内の電気事業連合会や重電業界の意向が大事ということだろう。

石炭火力の推進は２０１８年夏、新しいエネルギー基本計画として閣議決定されたものである。政府の説明では、当面の安定供給や価格、地政学的な条件などを勘案した現実的な選択ということであるが、世界から見れば間違いなく噴飯ものであり、そうであれば日本政府は対外的にそれ相応の説得力ある説明をしなければならない。

ＣＯＰ25は日本にとってそのための好機であり、環境大臣は「批判は承知している」などと正直ぶるひまがあったら、日本があえて石炭火力を推進する理由を徹底的に説明すべきだった。それが国際舞台での大臣の振る舞いというものであり、国益を代表するということだと思うが、所詮その任に堪えない人であるのか。

それにしても、国内向けにはあれこれ説明をしながら、対外的に沈黙するのは、国内向けの説明が嘘だと認めるに等しい話である。あるいは国の政策はどれも、もともと「説明責任」が生じる余地もない、内輪のもたれあいで動いているということである。

エネルギー基本計画だけではない。直近では、大学入試改革で民間業者委託が図られた経緯について。あるいはホルムズ海峡へ自衛隊の艦船を派遣することについて。またあるいは、米会計検査院が欠陥機と断定した最新鋭ステルス戦闘機Ｆ35を日本が１０５機も買うことについて。さらには、沖縄県辺野古沖の新基地建設のための土砂投入開始から1年を迎えた14日現在、投入量は事業全体の土砂量の１％に留まる一方、費やされた費用が１４７１億円にもなることについて。

このように国の在り方を左右するような大事が、ろくに説明もなく次から次へと政府の独断で決められてゆき、首相は憲法第72条に定められた国会への報告義務などもとより眼中にない。それどころか、野党の追及をかわすために国会を開かないことすらある、その傍らでは、身辺の不祥事で辞任に追い込まれた大臣たちもまた、釈明も謝罪もしなければ、議員辞職すらしない。この国の政治はいまやまったくの無法地帯である。そうして「説明責任」という言葉ばかりが躍るのだが、原意のアカウンタビリティーは「説明する責任」のことではない。人が自身の権利を行使した結果について正当性を主張し、失敗すれば責任を取ることまでを含めたガバナンスの一つの概念であって、日本では政治家から企業人まで、誰もその正しい意味を理解していない。

その結果が、たとえば「反社会的勢力」を「限定的かつ統一的に定義することは困難」というとんでもない政府見解であるが、かくもひどい妄言がまかり通る理由はたった一つ。私たち有権者が本気で政治家の答弁を聞いていないのだ。本気で聞いていたら、右の答弁だけで、首相も官房長官も一発退場は免れまい。これが、本来のアカウンタビリティーである。

2020・1・5

2020年、世界はどこへ 「思考停止」の行き着く先

新天皇が即位した画期の年も、自然災害を除けば大過なく過ぎ、新しい年は当面オリンピック・イヤーの賑わいが続くことになるのだろう。年末にはその聖火リレーのコースとランナーも決まり、メディアは一足先に盛り上がっているが、地方の生活者にまでお祭りムードが行き渡るには、まだ少し時間がかかるだろうか。

また年末には、そのオリンピックの競技会場の一つで会期中に首都直下地震が起きたという想定の下、救助訓練が行われたのだが、そのこと一つ取っても、私たちが直面している日本の状況は安寧とはほど遠いと言うほかはない。

事実、オリンピックが7カ月後に迫るなかでの地震を想定した訓練とは、万一の備えにしても洒落《しゃれ》にならない、異常事態であろう。実際にはひとたび都心が直下型地震に襲われたなら、競技場とその周辺の数万、数十万の観客に逃げ道はないが、それでも私たちは、東京でオリンピックを開催する道を選択して今日に至る。

35度を超える夏の猛暑に、明日起きてもおかしくないとされる首都直下や南海トラフの大地震、さらには梅雨末期の豪雨や台風といった悪条件にもかかわらず、オリンピック誘致に血道をあげた東京都と日本オリンピック委員会、そしてそれを歓迎した多くの日本人は、〈多分何も起こらない〉というあいまいな希望的観測に立って、「世紀の祭典」の幻想とその経済効果に躍ったということである。仮に利益とリスクを冷静に秤にかけていたなら、そう簡単に誘致などできなかったのは明らかだが、こうして人間はみな、さまざまな欲望を前に一斉に思考停止する。

日本だけではない。世界を見渡しても、為政者から企業、一般市民に至るまで、あるべき理性や倫理や経済合理性を逸脱した行動がまかり通るようになって久しい。たとえば、どこもかしこも金融緩和だらけで低成長の泥沼に沈んでしまった先進国の経済もそうである。低金利で行き場のない資金が注ぎ込まれる株価は、企業価値の二十倍、三十倍に膨張して世界じゅうでバブルを生み、いつ暴落してもおかしくないと言われ続けながら市場は高騰に沸く。

アメリカの連邦準備制度理事会も欧州中央銀行も、一旦は緩和の出口を探りながら、景気の腰折れを恐れる政治の圧力に押されて利下げに逆戻りし、いまに至っている。この超低金利の世界で株価が暴落すれば、リーマン危機のときのような金融緩和の余地がどこにもないまま世界恐慌に突入する可能性が高いが、日本では昨年末、この一年で株価が1000円上がったと首相が喜色満面で胸を張る。

先般、参加国の足並みが揃わないまま閉幕したCOP25も、為すべきことは明確に分かっているのに、その選択ができない人間の思考停止と非合理の見本市のようだった。世界も日本も毎年のように異常気象に見舞われて気候変動の脅威を痛感しているにもかかわらず、30年先の子どもたちの世代の苦難には目をつむるのだ。

年末の総選挙を経てついにEUからの離脱が決まったイギリスのブレグジットも、人間の合理性とは何だろうと考えさせられる。EUの枠組みは経済政策で不自由を強いられたり、移民に仕事を奪われたりする半面、人とモノの移動が生み出す経済的利益は不自由に勝ると見るのが一般的だが、イギリス国民の半分はそうした合理的判断を超えた身体性――大英帝国時代の旧植民地で構成された英連邦のそれだろう――でブレグジットを選択したのかもしれない。

当面の不利益よりも、イギリスにはイギリスの価値観や生き方があり、最終的にはそこに国益が発生するのだとしたら、ブレグジットはポピュリズムではなく、むしろ彼らイギリス国民の抜き差しならないアイデンティティー、もしくはなにがしかの生存本能の為せる業だった可能性もある。

ひるがえって日本人は、この不確実な世界を生き抜くための生存本能は働いているのだろうか。

2020・1・19

人口減と少子高齢化 縮みゆく日本の運命

毎年、新年をはさんでさまざまな将来予測がメディアを賑わせるが、今年は、令和元年の出生数が従来の予測より2年早く90万人を割り込み、人口減が急加速していることを伝える記事が目立った。推計値では86万4000人が新たに生まれ、137万6000人が死に、差し引き51万2000人の自然減。出生数は前年比5・92％減だそうである。

それだけではない。国立社会保障・人口問題研究所の平成29年の将来推計人口によると、このままゆけば2065年の総人口は8808万人。いまより寿命がさらに延びるため、65歳以上の高齢者は3381万人で総人口の約4割に達し、15～64歳の生産年齢人口の1・3人で高齢者1人を支えることになる。またその現役世代も、4529万人にまで激減する。

人口減少が深刻に捉えられるのは、人口の規模がひとまずそのまま国力につながるからである。大きな人口は経済力を生み出す労働力と消費の源になり、高い出生率、すなわち高齢者より若年層が多いピラミッド型の人口構成は社会保障制度の維持に不可欠だが、日本はすでにどちらも失って久しい。その結果が労働人口の減少に伴う人手不足であり、消費の縮小に伴う慢性的なデフレであり、経済成長の終焉《しゅうえん》であり、社会福祉費の増大であり、それらが2020年もまた否応《いやおう》なしにこの国の体力を奪い続けることになる。

そこで国は人口減を食い止めるため、本年度予算でも幼保無償化や待機児童解消を含む保育の受け皿整備に約1兆円、高等教育の負担減に4882億円の予算を充てるほか、就職氷河期世代の支援で結婚を促そうというのだが、人生の価値観が多様化した現代では子どもの出生数が増えない原因は複合的であり、子育て支援や就労支援は当面の緩和策でしかない。

また、おおむね出産年齢とされる25~39歳の女性の数自体が減っているため、仮に出生率が改善しても人口減は数十年続くことになる。すなわち、私たちはどのみち年々縮んでゆく社会に生きているのであり、将来の私たちの暮らしの規模がいまより相当つましいものになるのは必至なのだ。

こうした将来予測を頭に入れたとき、仮にいくらかは緩和できるとしても、少子高齢化と人口減はもはや私たち日本人の運命だと見るほうが正しいだろう。だとすれば、私たちには手をこまねいている余裕はない。

折しも人手不足解消を狙った改正入管法が成立して1年。制度が未整備のまま昨春始まった「特定技能」資格の取得者は、昨年末でわずか2000人未満。当初目標の4%にも届かない。その一方で従来の技能実習生は、違法就労や賃金未払いなどの問題を含んだまま40万人に達し、もはや飲食店もコンビニも製造も建設も、外国人無しでは成り立たないのだが、私たちはそもそも人口が減ってゆく社会で、以前と同じ規模のサービスやインフラをやみくもに維持しようとしているのではないか。その結果の人手不足という面もあるのではないか。人口減少社会こそ、ＡＩやＩｏＴやロボットを最大限活用するのは言うに及ばず、あらゆる社会インフラやサービスの見直しと再編が必須である。同時に、人口減少を緩やかにするための対策も欠かせない。たとえば迂遠《うえん》に見えても、まずは女性の全面的な社会進出の支援と、女性が堂々と一人で子どもを産み育てられる社会制度が不可欠だし、外国人労働者が家族ともども日本に定着できるような本気の移民政策も急務だろう。さらに、長年の課題である難民の受け入れも、いまこそ真剣に考えるときである。

今年は晴れやかなオリンピック・イヤーだが、まずは年末年始に報じられた人口推計にしばし目をこらし、私たちがいまどこに立っているのかを見極めておこう。見渡せば、年初から緊迫するイラン情勢と原油価格の高騰など、世界もまた不穏きわまりない２０２０年の新年である。

２０２０・１・26

「非人間」的な世界　私たちが声を上げよう

本年は年明け早々、米軍によるイラン革命防衛隊の司令官殺害の一報に世界が震撼するという始まりとなった。遠い日本で正月気分だった一生活者でも思わず身体が固まり、イランの各地で街を埋めつくす数十万、数百万の「アメリカに死を」の声を聴きながら固唾《かたず》を呑んで続報を待ったが、近年両国がこれほど差し迫った事態になったことはなかったと思う。

そうして世界じゅうがイランの報復と本格的な武力衝突の危機に身構えるなか、日本時間の8日朝にはイラクの米軍基地に弾道ミサイル十数発が撃ち込まれ、私たちは一気に戦争前夜の緊迫感に包まれたのだが、それも束《つか》の間、ミサイル攻撃の被害が不思議に軽微と判明して後は、イランがあえて人的被害を出さないよう周到に計算した攻撃だったと報じられたり、アメリカはトランプ大統領が「すべて順調だ」とツイッターに書き込んだり。何のことはない、イランもアメリカももとより戦争に踏み出す余裕はなく、それぞれに国内事情を抱えて威嚇の応酬で時間稼ぎをしていたらしい。

とはいえその間、世界は不測の事態を本気で恐れた。なにしろ殺害されたのは、イランの要人として中東各地でヒズボラなどのテロ組織を支援し、さらには昨秋からイラク各地で続いている市民デモを弾圧してきた人物であり、その背後には地域の安定を脅かす多くのテロ組織が連なっている。

そしてトランプのアメリカも、元はといえば勝手に核合意を破棄してこの地域の緊張をつくりだした上に、戦争状態でもない平時に「先制的自衛権行使」で勝手にイランの要人を殺害するような国になって久しい。そう、国際法も国連憲章も知ったことではない大国と、西欧とは異なる論理をもつイスラム国家の危険な対峙に、世界は心底恐怖したのだ。

結局、双方が矛を収めてひとまず危機は去ったが、一触即発の戦争ゲームの余波で、8日にはウクライナの旅客機がイランのミサイルに誤って撃墜される悲劇も起きた。国家同士の身勝手な振る舞いの犠牲になった176人もの民間人に、アメリカもイランもけっして真に詫《わ》びることはない。

同じ8日、レバノンでは年末に日本からひそかに逃亡して世界を驚かせた日産の前会長カルロス・ゴーン被告の記者会見が衆目を集めた。今回の逃亡劇については、世界に名だたる企業人の、想像を超える身勝手さにひたすら唖然とするほかないが、こちらの茶番には死者はいない。たんに日本国と日本人、そして日産という日本企業が徹底的に足蹴《あしげ》にされ、コケにされただけである。

そしてたぶん、世界の常識ではコケにするより、されたほうが悪いのだが、コケにされたらひとまず怒るのもまた常識であろう。もちろん日本側にも、保釈中の被告の身柄管理に関わる制度上の不備や、刑事訴訟法上の改善点があるし、こんな非道な人物を長年カリスマ経営者としてのさばらせてきた日産の企業体質も大いに問題ではあるが、仮にそうだとしても、元特殊部隊の人材まで雇って不正に逃亡した被告に、私たちは本気で怒るべきである。また、この間に彼がリストラした4万人の従業員の無念を思い起こすなら、現在彼を保護しているレバノンにも、私たちは強く抗議すべきである。

見渡せば、トランプの思いつきでつくりだされた新年のイラン危機も、ハリウッド映画顔負けの手口でまんまと国外逃亡する元カリスマ経営者も、強者の世界はあまりに理不尽で身勝手な欲望や浅慮と、市民のことなど一顧だにしない非人間性に満ちている。今日こうしている間にもイラクやシリアで犠牲となっている人びと、香港やウイグル自治区やチベット自治区の人びとが被《こうむ》っている不正に対して、私たちのほかに怒る者はいない。外交や経済上の理由で国は怒ることができなくとも、私たち市民は怒ることができる。現に、世界の金融市場を見よ。戦争の危機が過ぎれば早速バブルに逆戻りの活況である。

2020・2・2

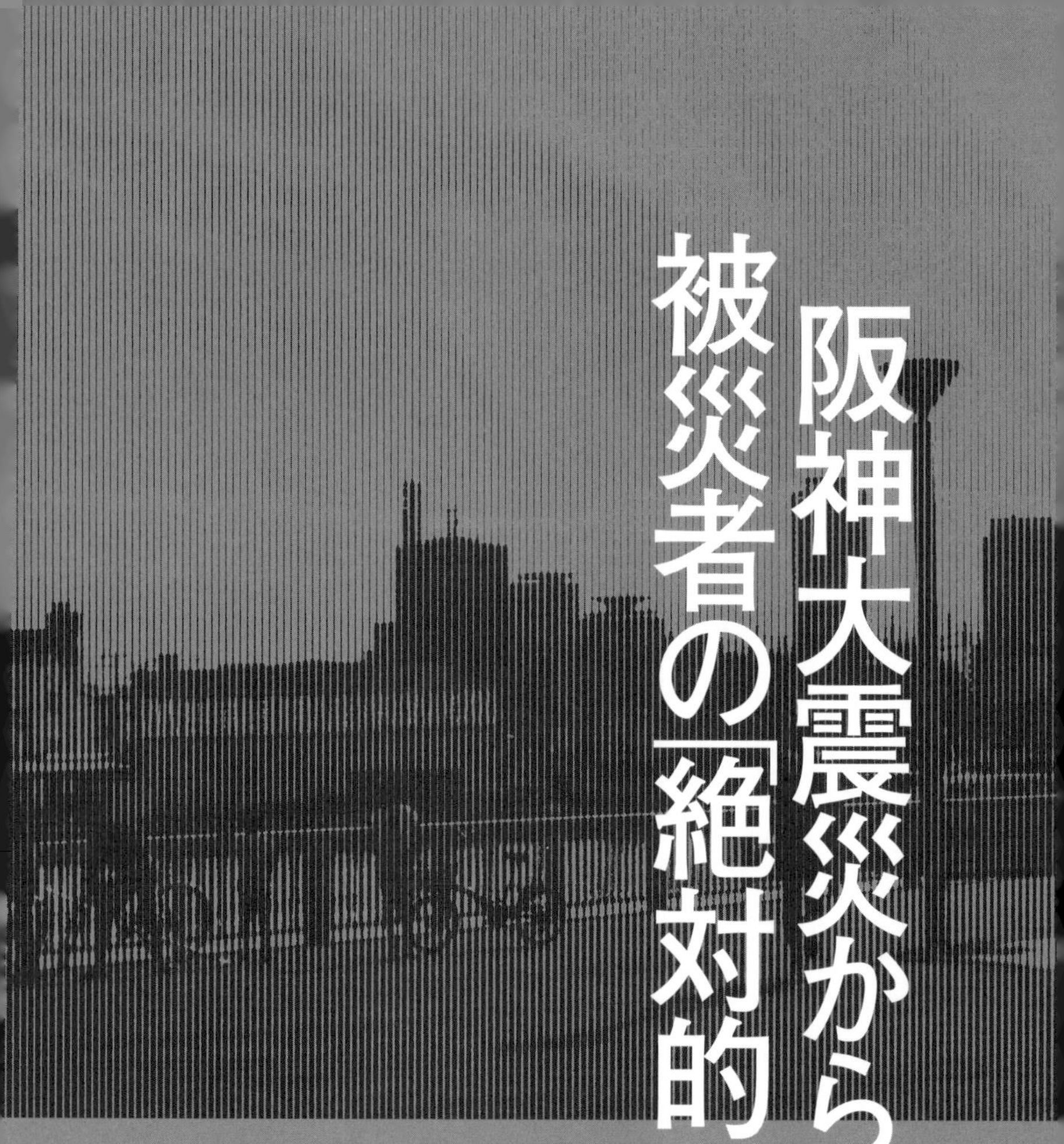

阪神大震災から25年
被災者の「絶対的孤独」

毎年、正月明けのこの時期の神戸では、誰もがそれぞれに阪神淡路大震災の記憶を呼び起こし、鬱々とものを思う。家族や友人を亡くした人、自宅や仕事を失った人、物理的な被害は受けなかった人、再起した人、できなかった人などなど、人によって思うことはさまざまだが、震災後に移ってきた人を除けば、誰一人逃れられないこころの軛《くびき》として、かの日の惨禍はいまに至っている。

そして物書きの私は、毎年あたかも定期便のように各紙で震災に触れ、この25年間にずいぶん進歩した市民の防災意識やボランティア活動の有用性、さらには首都直下地震や南海トラフ地震の新たな知見に即した一層の備えの必要性などを喚起してみるのだが、その一方で、近年はそうした常識論にある種の疲労感を覚えている私がいる。いくらかは六十半ばを過ぎた年齢から来る個人的な心境の問題ではあるが、高齢化が進むこの国では、私が陥っている震災についての疲労感や虚無感は、まったくの私事とも言えまい。

「災害弱者」という言葉が定着したのはまさに阪神淡路大震災のときだったが、その後のいくつもの震災を見ても、もっとも深刻な打撃を受けるのは低所得者層と高齢者である。端的に、低所得者は失った住宅の再建に手が届かず、もともと経営難だった零細企業は被災によって息の根を止められ、仕事や地縁を失った高齢者は再起のための気力も時間もない。

弱者といえば、乳児をもつ母親や、避難所で不特定多数の男性の視線にさらされる女性たちもそうである。震災から25年も経ってようやく語られ始めた避難所での強姦《ごうかん》や性的嫌がらせの事実は、言語に絶する被災の苦しみの一つであり、やり場のない絶望となっていまも被害者たちの心身を縛る。

これら災害弱者はいつの時代にも必ず一定数が存在すると同時に、多くは被災者支援や共助の仕組みの外側にこぼれ落ちる以外にないという意味では、大規模災害において社会と個人が直面する、もっともシビアな現実であろう。

象徴的な一例を挙げれば、震災後に整備された神戸市の震災復興住宅の風景がある。どこも高齢化率が50%を超えており、無機質な高層住宅が並ぶ人工の街には自力再建ができなかった高齢者の姿しかなく、ここ数年の独居死は毎年70人前後に上る。その一つ、HAT神戸にはこれまでに何度も足を運んだが、海風の吹きすさぶコンクリートの街は、彼ら高齢者の終《つい》の棲家《すみか》でありながら、まさに歳を取って被災することの絶望に追い打ちをかける寂しさである。

ともあれ高齢者の多くは、被災によって人生のほぼすべてを失い、再起は困難を極める。国民の4人に1人が65歳以上という国を襲う未来の大地震が、ことさら深刻なものになる所以である。私自身、先の大阪北部地震では25年前にはなかった無力感に襲われ、次の南海トラフ地震ではもう、再起するだけの気力がないかもしれないという予感ももった。情けないが、如何ともしがたい現実である。

もちろん、この災害多発時代に生きる以上、高齢者とて無為無策でよいわけもないが、現実問題として七十も過ぎた人間にいったい何ができるだろうか。防災の最前線では、いまや鉄とコンクリートで都市を頑丈にするのではなく、しなやかな回復力を目指す「レジリエンス」が主流なのだという。ハードではなく、都市づくりと人間の暮らし方の全体で柔軟に災害に備えるというのだが、南海トラフ地震などの破滅的な規模を考えると、個人的には正直、絵空事のように聞こえなくもない。

結局、市井の弱者はこうして切実な不安を抱きながらも、それぞれに石橋を叩《たた》いて暮らしてゆくほかないのだろう。良いも悪いもない。神戸が地方都市だったこともあろうが、6400人の死者を出した震災でさえ終始ローカルな話題に留まってきた現実から見えてくるのは、人ひとりが被災することの絶対的な孤独と孤立である。

2020・2・9

サイバー攻撃
検証無視、「不実」の時代

年明けの通常国会の冒頭（1月20日）に行われた首相の施政方針演説は、経済振興と財政再建、少子高齢化時代に対応する社会保障制度改革全般などについて、見るべき中身はなく、昨年来の深刻な政治不信に応える姿勢も皆無で、まったく耳を傾ける価値もなかった。一方で同日、朝日新聞が伝えた中国系ハッカー集団による三菱電機への大規模なサイバー攻撃の事実については、その後の続報を含めて多々思うところがあった。

第一に、三菱電機が不正アクセスを検知したという昨年6月末から半年以上、被害の事実が公表されなかったことである。いまのところ従業員など最大8000人の個人情報が流出したとされている以上、少なくとも個人情報保護法に則して速やかに政府への報告がされるべきところであろう。

第二に、官公庁や政府機関、電力・通信・鉄道などほとんどの取引先に対しても三菱電機は事実を伝えていなかったということだ。一部には説明があったものの、おおむね「重大な情報流出はない」という内容に留まった由。これは不正アクセスで情報が流出した防衛省、内閣府、原子力委員会などに対しても同様で、防衛技術などの機密情報の流出はないというのだが、三菱電機側の自己申告だけでは事実は藪《やぶ》のなかである。

第三に、これは紛れもなく不正アクセス禁止法に問える犯罪であるが、攻撃を受けた当の三菱電機が事実を明らかにせず、情報を流出させられた取引先企業もまた、自社の被害の内容を具体的に知るすべがないまま、信用低下を恐れてやはり事実を隠す。かねてから日本でこの種のサイバー攻撃が大きく騒がれない所以であるが、その結果、国の安全保障が現実に危機にさらされ、企業もまた技術情報や人材の流出を座視しているのである。これは北朝鮮のミサイルなどより、はるかに深刻かつ恒常的な脅威ではないか。

くだんの三菱電機への不正アクセスは、法人向けのウイルス対策ソフトのバグを悪用して行われたと言われている。ハッカーの侵入が修正ファイルの出る前のことであったにしても、防衛機密や国土のインフラ情報に関わる巨大企業グループのネットワークの安全が、ウイルス対策ソフト一つに依存しているとは。無防備にも、管理サーバを介して社内じゅうのパソコンがつながっているとは。

この十数年、明るみに出たケースだけでも、アカウントの乗っ取りによるネットワークへの侵入が国内外で繰り返されているが、それにもかかわらず、国も企業も不正アクセスを取り締まるための法整備を等閑にしているのはなぜなのか。これだけIoTが普及し、この3月には5Gの実用化も始まるというときに、国も企業もなぜここまで情報管理やネットワーク管理に無神経なのか。

その答えはたぶん、国会の施政方針演説に通底する。首相は自ら掲げた政策についての合理的な説明をせず、結果の検証も評価もせず、最終的に責任も取らない。今回大規模なサイバー攻撃に遇《あ》った三菱電機も、大事な取引先に十分な説明もせず、政府機関を含めて取引先もまた三菱電機に対して正式な説明は求めず、みんながあいまいに沈黙するのである。そう、ここには誰一人、責任を取る者がいない。情報流出と深刻な物理的被害の事実だけがあり、回り回って私たちがそれを被るのだ。

年初の大切な施政方針演説について、聞く価値もないと断言するのは、個々の政策に同意できないからではない。それを語る政治家に、自らの言葉に責任をもつ姿勢が見えず、実際に責任が取られたためしもないからである。

かくしてまともな機能を失った政治の実態も、現代のあらゆるシステムに浸潤するダークウェブも、この社会が生み出した謂《い》わばブラックボックスである。この脅威に有効なのは暗号化や多重化や秘密主義ではなく、むしろすみずみまで人間の眼が行き届くオープンなシステムなのかもしれない。

２０２０・２・16

民主主義の後退
かすむ「人類の道理」

これだけ世界が激変しているのに、ふりかえれば何もかもが薄ぼんやりしているのを感じる。アメリカ大統領の椅子に、良識のかけらもないトランプのような人物が着いた奇怪な風景もすでに3年。核軍縮や温室効果ガス削減に背を向け、多国間の貿易協定や安全保障の枠組みを軽んじ、嘘と不正を重ねてなおも再選を目指すトランプのアメリカを前に、人類の道理も行く末もどんどんかすんでゆくかのようである。

覇権国家への野望を隠さなくなった中国のふるまいも同様である。5Gやサイバー分野の突出した技術力と14億人の巨大な購買力で世界を席巻する一方、その圧倒的な力は20世紀に私たちが謳歌《おうか》した民主主義社会の価値観を遠からず葬り去る勢いである。

そうした変動の下で、たとえばインド・カシミールや中東では民族と宗教の対立が再燃し、イスラム過激派のテロが拡散し続ける一方、原油価格が不安定になれば、その先物で儲《もう》ける資本家がおり、金融市場ではよほどのことがない限り資産が資産を生み続ける。

かくして世界の金持ちの上位26人が、下位の38億人分の富を保有するような異様な格差世界が生まれ、中間層が軒並みやせ細った先進各国では、どこも民主主義の後退と自国第一主義が続く。気がつけば、ついにEU離脱という歴史的な転換の日を迎えていたイギリスもその一例である。

思えば２０１６年の国民投票のとき私は旅先におり、開票速報を衛星放送の中継で観ていたのだが、予想に反してＥＵ離脱派が過半数となったときには、思わず友人と顔を見合わせたものだった。それでも、私たち日本人はそもそもＥＵについての実感自体が乏しい。独仏を中心に、旧東欧諸国までが次々に加盟して４億５０００万人の経済圏となったいま、その一員であることの経済的恩恵を漠然と理解するだけで、ほかには特段思うこともない。

従ってイギリスの投票結果についても、離脱によって生じる経済的不利益よりも、イギリス国民のなにがしかの情念が勝ったらしいことに驚いたのだが、ほんとうは、そんな他人事《ひとごと》で済ませてよい話ではあるまい。なぜなら、私たち日本人にとっていかに遠い話であっても、イギリスのＥＵ離脱によって、世界の歴史が一つ動いたのは事実だからである。20世紀の二つの戦争を経たヨーロッパが、地続きの国境を撤廃するために叡智《えいち》を絞り、その結果として生まれた壮大な経済圏が、ここへ来て初めて離脱する国を出したのだ。

これをもって直ちにＥＵが弱体化することはないというが、私たちの目の当たりにしたイギリスの離脱劇が、平和と協調を求めてきた人類の歩みの、一つの曲がり角なのは

もやはり遠いということである。

そしてそうであれば、もっと関心をもってこの1月末のイギリスのEU離脱劇を見つめるべきだったのだが、残念ながら日本人にそうした視線は乏しかったように思う。気軽に海外旅行に出かけはしても、私たちにとってEUもヨーロッパもやはり遠いということである。

そしてこの奇妙に薄ぼんやりした世界に、1月下旬になって騒がれ始めた中国発の新型コロナウイルスによる新型肺炎の蔓延が加わる。5Gで世界を牛耳る勢いの大国も、一方では著しい経済発展に市民の衛生観念が追いつかない側面があり、そういう14億人の春節の大移動が世界にウイルスをまき散らしているのだが、それもいまや同時代を生きる人類全体の宿命になったかのようで、困惑よりも諦めのほうが強いように思う。

1月31日未明に緊急事態宣言を出した世界保健機関（WHO）の声明も、発生国中国の対応を礼賛する奇妙なもので、なにがしかの政治的配慮の前で肝心の危機感がかすんでゆくのが印象的だった。

ともあれ、与野党の質疑が始まったこの国の通常国会もまた緊張を欠くこと甚だしく、財政健全化への意志すら示されないまま新年度予算案が通ってゆきそうである。

2020・2・23

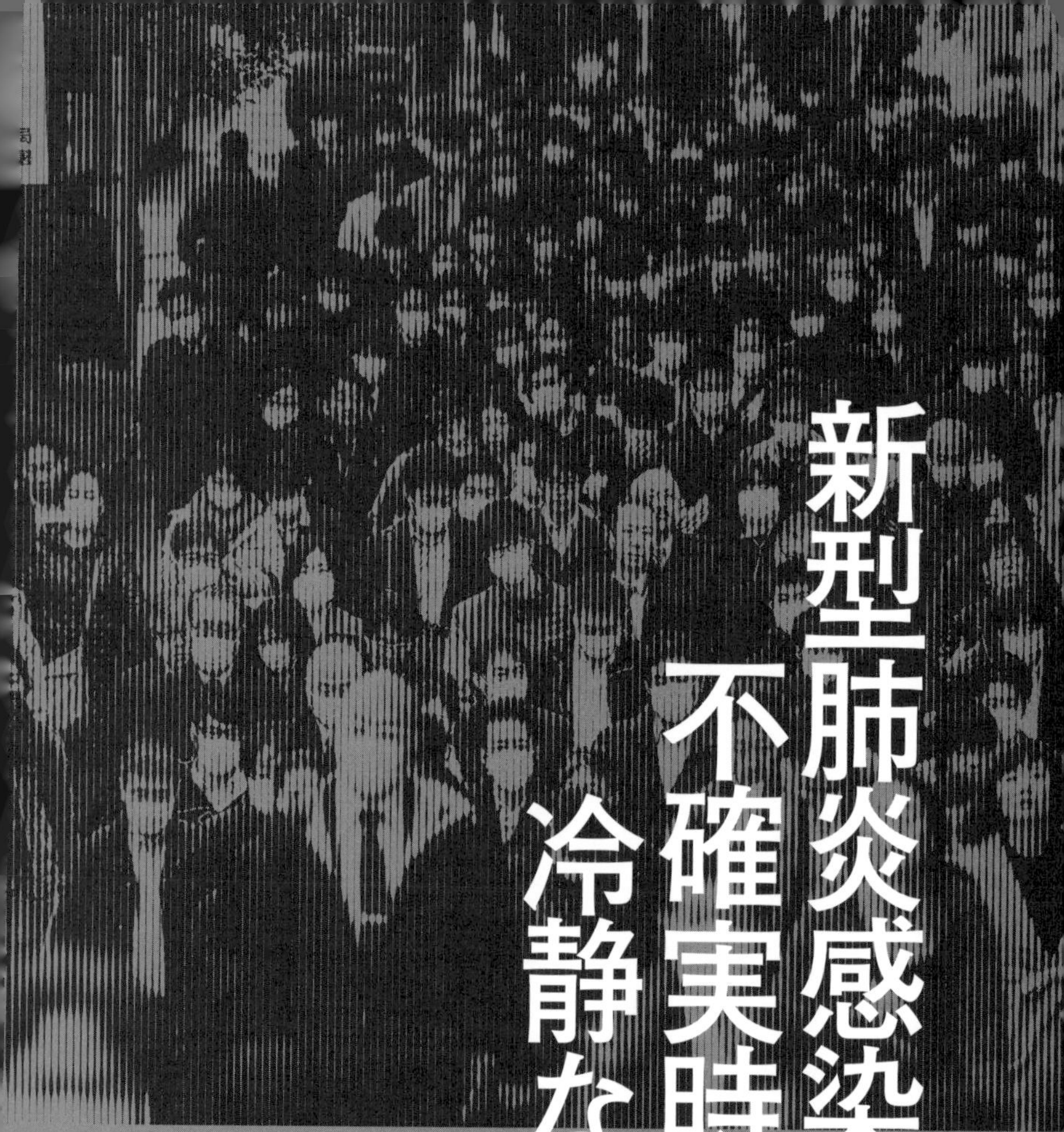

新型肺炎感染拡大 不確実時代に 冷静な目を

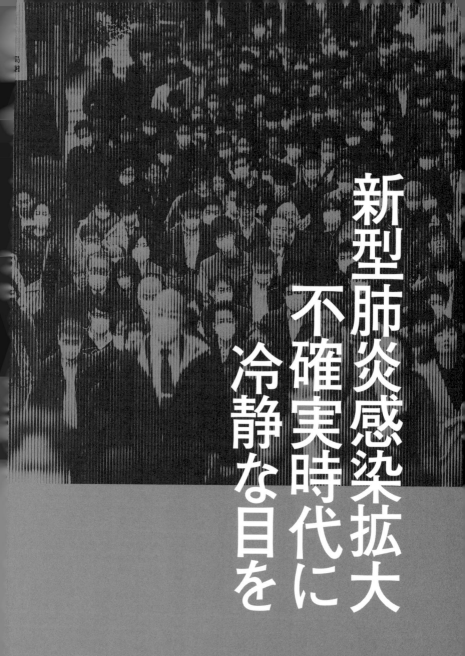

中国の武漢に端を発した新型コロナウイルスの、世界規模の感染拡大が続く。特異なのはウイルスの潜伏期間中も感染が起きる点だが、感染の仕方は一般的な飛沫《ひまつ》感染で、基礎疾患がなければ症状は比較的軽いとされる。それでも、国境を越えた人の移動の増大と、SNSによる情報の拡散、そして大国となった中国の存在の大きさという三つの理由で、2003年のSARSの流行時よりはるかに深刻な事態となっており、私たちの暮らしぶりを含めたこの17年間の世界の変貌を、あらためて思い知らされる日々である。

それにしても、人間の知的活動の多くをAIが肩代わりする時代に、私たち人類はいまなおウイルス一つ抑え込むことができないアナログの身体を生きている。実際、現代医学はウイルスの病理や疫学的な知見を豊富に蓄積しており、必要な情報は迅速に伝えられるが、私たちがそれを正しく理解できているかといえば、実に心もとないと言うほかはない。

たとえば、いまや街ゆく人はみなマスクをつけ、至るところにアルコール消毒液のボトルが置かれる一方、マスクをつけてでも不要不急の旅行に出かけたり、少々熱があっても出勤したりする人がいる。どれだけ詳細な注意情報があっても、多くの人がとりあえず個人の欲望や仕事を優先し、飛行機や列車やバスに乗って移動し、かくしてウイルルスは世界へまき散らされる。これが人間という生きものの本態だが、ウイルスのように目に見えないものについては、恐怖や警戒の傍らに、ある種の慢心が同居しているのである。

そしてこの慢心の下には、経済的豊かさの下での先進医療への過剰な期待もある。一般的な風邪に特効薬がないことはよく知られているが、それでも現代人は熱が出た、頭が痛い、喉が痛いといっては医者にかかる。新型コロナウイルスの感染拡大が続く武漢の病院の、廊下にまで患者があふれた光景は、まさに「医療が何とかしてくれる」という安直な期待が生み出したものにほかならない。

ちなみに国民皆保険制度の整った日本では、医療への期待がさらに安易、かつ広範囲なものになるのは必至である。

しかも、こうして新型ウイルスについての情報が日々更新されてゆく一方で私たちの理解がそれに追いついていない状況に、SNSの氾濫が追い打ちをかける。フェイクニュースや真偽不明の情報が拡散し、増幅され、たまたまそれらに触れた人びとを走らせて、たとえば日本じゅうでマスクの買い占めが起きる。そして、その狂騒がさらにSNSやメディアを賑《にぎ》わし、新型ウイルスの感染拡大を伝えるメディア全般がある種の高揚感に覆われてゆく傍らでは、肝心の予防のための正確な情報が背後に押しやられているのである。

また、そうして誰もが少しずつ冷静さを失いつつあるなか、政府もまた、本来なら国会で追及を受けるはずだった多くの課題が当面吹き飛んでしまい、代わりに日々の感染者数や、どこを取っても後手後手の感のある防疫対策を逐一物々しく表明してみせるのだが、しかし、いまこそ生活者は冷静でありたいと思う。政治の喧伝《けんでん》に躍らされてはならない。

第一に、2月初旬の段階で、日本は新型ウイルスの感染爆発が起きている状況にはない。第二に、予防は一にも二にも手洗いであって、基本的に一般的な風邪対策と変わらない。その一方であらゆる慢心を捨て、医療や防疫の限界を知ることも必要である。

観光地や小売業はインバウンドの減少で当面打撃は大きいが、私たちがこうした不確実な世界に生きていることをあらためて肝に銘じるのは、むしろ必須だろう。この不確実性に正しく向き合わずして東京オリンピックもないと思うべきだし、こうしている間にもアメリカでは大統領選が始まり、海上自衛隊の護衛艦は中東地域へ出てゆき、福島では汚染水の海洋放出案が検討されるなど、世界は刻々と動いているからである。

＊本書は、『サンデー毎日』
２０１９年１月13日号から２０２０年３月１日号まで
連載された「サンデー時評」を再構成したものです。

髙村 薫　たかむら・かおる
一九五三年大阪市生まれ。作家。
一九九三年『マークスの山』で直木賞、
一九九八年『レディ・ジョーカー』で毎日出版文化賞、
二〇一六年『土の記』で野間文芸賞・
大佛次郎賞・毎日芸術賞を受賞。
最新作は『我らが少女A』。

時代《じだい》へ、世界《せかい》へ、理想《りそう》へ

同時代《どうじだい》クロニクル2019↓2020

二〇二〇年三月一五日　印刷
二〇二〇年三月三〇日　発行

著者　髙村《たかむら》薫《かおる》

発行人　黒川昭良
発行所　毎日新聞出版
〒一〇二-〇〇七四　東京都千代田区九段南一-六-一七　千代田会館五階
電話　営業本部　〇三-六二六五-六九四一
図書第二編集部　〇三-六二六五-六七四六

印刷　精文堂
製本　大口製本

ISBN978-4-620-32631-3